Wolfgang Schierlitz

TannenPannen

Wolfgang Schierlitz

TannenPannen

Lustige Weihnachtsgeschichten

rosenheimer

Besuchen Sie uns im Internet:
www.rosenheimer.com

Titelillustration und Illustrationen im Innenteil: Sebastian Schrank, München
Lektorat und Satz: Bernhard Edlmann Verlagsdienstleistungen, Raubling
Druck und Bindung: GGP Media GmbH, Pößneck
Printed in Germany

ISBN 978-3-475-54577-1

Inhalt

Vorwort (Dr. Hartmut Baltin) 7
Wie man geheimnisvoll günstig schenkt 9
Albtraum im Advent 23
Die guten und die bösen Mächte 31
Morgen, Kinder, wird's was geben! 40
Dresdner Christstollen 48
Verführerische Pomeranzen 57
Von weit oben gerade noch heruntergekommen 67
Jahreskarussell und Jägerlatein 79
Alpin-musikalischer Naturgenuss im Advent 89
Die jugendlichen Tester 101
Friede sei mit euch 112
Das automatische Weihnachtsgeld 121
Der Mond, in mattem Gold gewälzt 131
Zauberhaft 140
Schnitzen in das Rinde 148
Scheinheilige Nacht 156
Die wichtigen Synapsen, akademisch gesehen 164
Der verschwundene Gewinn 172
Champagnerpowder 179
Der Autor 190

Vorwort

Auf das Weihnachtsfest projiziert der Mensch sein Wunschbild von Friede, Freude und Eierkuchen. So entstehen die vielen Fassaden, die unser Leben im schönsten Licht erscheinen lassen, obwohl es in der Regel sehr prosaisch ist.

Dieses Leben spielt sich im Kopf des Verfassers auf mehreren Ebenen ab. Der Leser mäandert mit ihm durch die realen Geschehnisse, die umrankt werden von farbenfrohen und erfrischenden Einfällen und Kommentaren, die dem Buch einen philosophischen Touch verleihen.

Die Vielschichtigkeit dieses Buches erfordert es, dass man sich näher mit dem Werdegang des Verfassers beschäftigt. Aus seinem Beruf heraus entwickelte sich logisch und geradlinig etwas, was schließlich seine Berufung wurde. Sonst würde er nicht so viele Bücher schreiben!

Als junger Mensch erlernte er das Setzer- und Druckhandwerk in einer für die heutige Jugend schwer vorstellbaren Form: Um einen Text gedruckt auf das Papier zu bringen, musste dieser vorher aus seitenverkehrten Buchstaben zusammengesetzt werden – praktisch hintenherum. Dies erforderte eine große Vorstellungskraft: Er war gezwungen, den Text aus vielen Perspektiven auf seine Richtigkeit zu beleuchten.

Vielleicht ist das die Erklärung für seinen teilweise filigran anmutenden Satzbau. Er wirkt, als wären einzelne Buchstaben noch etwas verkantet auf dem Papier gelandet.

Aber gerade darin liegen seine Genialität und Einmaligkeit, gerade damit vermittelt er Assoziationen so pointiert, dass der Leser plötzlich alles aus einer anderen Perspektive zu betrachten beginnt.

Das ist es, was Lesen zu einem Vergnügen macht. Einem bajuwarischen Vergnügen.

Dr. Hartmut Baltin

Wie man geheimnisvoll günstig schenkt

Einfach ist das keinesfalls. Jedes Jahr werden die Erwartungen noch gewaltiger. Das sogenannte Preis-Leistungs-Verhältnis wird überhaupt nicht mehr in Betracht gezogen oder nur noch notdürftig, oberflächlich weihnachtlich verbrämt. Im Laufe der vielen fetten Jahre ist es bereits so weit gekommen, dass schon die Kinder murren, wenn ihre Wünsche nicht genügend berücksichtigt werden. Der schnöde, aber teure Mammon wird immer seltener in den Vordergrund gerückt. Die Zufriedenheit hat sich still und leise einfach verabschiedet.

Dadurch schreckt der bewusst schenken Wollende schon im lauen Sommer des Nachts unverhofft aus dem Schlafe auf. Und das nicht nur, weil es ihm zu warm geworden ist. Die Symptomatik geht bis hin zu schweren Alpdrücken. Schuldbewusst erinnert er sich nämlich, dass er für das schnell nahende Weihnachten noch überhaupt nichts gebunkert hat. Wobei schon bald die verschmitzten Schokoladennikoläuse verstohlen in den Regalen lauern werden. Dabei weiß er doch aus Erfahrung, wie plötzlich und unverhofft der Heilige Abend vor der Türe steht. Gerade noch milder Sommerwind, gleich wieder bunter Herbst, und schon schneit es vielleicht anhaltend. Da staut sich dann alles auf die Feiertage zu.

Das günstige Einkaufen wird in dieser Zeit leider auch immer stärker behindert. Gerade vor Weihnachten, wenn eigentlich kontemplativ und entspannt die schönsten und geeignetsten Geschenke für die Lieben ausgewählt werden müssten, setzt direkt ein Run auf sämtliche Läden ein.

Ein langjähriger Kenner der Materie und kompetenter Vorsitzender des Gewerbeverbandes kommentiert die Situation folgendermaßen: »Sogar die immer zahlreicher werdenden Flohmärkte erleben eine Invasion nach der anderen mit massenhafter Stürmung. Gleich, was da angeboten wird: Die verkaufen doch zu jeder Jahreszeit alles, was nicht niet- und nagelfest ist.«

Aber hier sagt der vorausschauende Kunde und Stratege: »Das ist gut so.« Der sinnvoll Bevorratende sorgt nämlich schlau und überlegen zu jeder Jahreszeit für das Fest der Feste vor, bevor es zu spät sein könnte. Und auch wenn das Verkaufsvolumen im mittelständischen Bereich dadurch etwas lahmen sollte: Für den Einzelhandel bleibt ja trotzdem glücklicherweise, vielleicht etwas gestutzt, die Adventzeitspanne, um nachhaltig am gewinnbringenden Boom teilzunehmen.

Weit gefährlicher für diese Branche sind die lautlosen Wellen, mit denen immer häufiger über das

Internet Bestellungen durch den Äther rasen, auch wenn dann der Kunde, der seine Ware nicht mehr rechtzeitig geliefert bekommt, nicht selten das Nachsehen hat.

Der vorausschauende, sachlich denkende Kopf weiß jedenfalls aus leidvoller Erfahrung: »Man wird in den wenigen Wochen vor Weihnachten durch die aufgewühlten Menschenmassen in den Geschäften stark behindert, ja beeinträchtigt. Rigorose Leute schnappen dir die günstigsten Schnäppchen einfach vor der Nase weg. Als entspannt Suchender, der mit kühlem Kopf nach Präsenten Ausschau hält, stürzt man sich ungern in die entfesselte Meute hinein.«

Es nützt auch überhaupt nichts, wenn man weiß, dass doch so manche Ware nach den Feiertagen zum herabgesetzten Preis zu erwerben wäre. Daraus resultiert ja der bezeichnende, höchst aufschlussreiche Name Ladenhüter.

Zum Glück hat man das anregende, fesselnde Prinzip des sogenannten Wühltisches nicht ganz abgeschafft. Immer wieder einmal schürft der gründliche Sonderpreisjäger bis zum Grund der lose geschichteten Textilien, auch wenn er dabei leider manchmal nicht so fündig wurde, wie er es erhofft hatte. Hauptsache, er hat den Haufen gründlich umgegraben und für die Nachfolger das Unterste zuoberst zurückgelassen.

Besondere Aufmerksamkeit, vom Preis her gesehen, erregten diese Fundgruben zweimal jährlich zum Sommer- oder Winterende. Aber selbst da hat eine unverständliche Regelung einen Riegel vorgeschoben.

Nehmen wir doch beispielsweise den sogenannten Winterschlussverkauf. Dieser wurde leider von anonymen, bösartigen Kräften leichtsinnig zu Grabe getragen. Wie eindrucksvoll prangten doch früher in den Geschäftszonen Transparente und überdimensionale Schilder in werbewirksamen Lettern und mit dem tröstlichen Versprechen von Schnäppchen. Die wohlklingenden Wortfügungen »Winterschlussverkauf« und das etwas allgemeinere *»for sale«* ließen den preisbewussten und hart kalkulierenden Kunden frohgemut aufhorchen. Das Gleiche gilt natürlich auch für den Sommerschlussverkauf.

Aber noch sind wir ja in suchenden Gedanken über die Festlichkeiten und die zu erwerbenden Präsente versunken. Solche Art von Überlegungen eilten auch dem fleißigen Bediensteten Fridolin am Münchener Airport, mit dem Markennamen Franz-Josef-Strauß-Flughafen betitelt, durch den Kopf. Der eloquente Mann arbeitete nun bereits Jahrzehnte sozusagen als ein wichtiges Glied beim Bodenpersonal der Lufthansa. Ohne sein arbeitsames Zutun würde ein gut geöltes Rädchen in den komplizierten Abläufen dieses luftigen Weltdrehkreuzes fehlen.

Verantwortungsbewusst und großzügig brütete er schon länger und ausgiebig darüber nach, was er denn seiner kürzlich eroberten Geliebten zum hohen Fest präsentieren könnte. Noch war zwar etwas Zeit übrig, aber er sagte sich richtig: »So gut wie immer steht auch diesmal ein neues Weihnachten über kurz oder lang bevor.«

Doch die rettende Idee nahte in Form von einer recht überraschenden Mitteilung. Denn wieder einmal sollte die große Versteigerung stattfinden. Er wusste natürlich sofort, worum es ging, und kombinierte richtig. Das war die unverhofft eingetroffene Hilfe, die ihm die Möglichkeit eröffnete, geheimnisvoll, außergewöhnlich und als interessanter Schenkender aufzutreten. Insbesondere rechnete er still bei sich aus, für seine neue, größere Liebe bald wieder eine treffsichere, geschenkmäßig einmalige Investition tätigen zu können. Es müssen ja nicht immer teure Klunker sein, noch dazu von den schwindelnden Preisen her gesehen.

Dieser soeben eingetretene Tatbestand der Versteigerung hatte folgenden Hintergrund: nämlich weil das mit dem Fluggepäck so eine Sache ist, wenn nach getätigter Reise eine unangenehme Überraschung eintritt. Immer wieder einmal, wenn auch recht selten, wartet man vergeblich auf seine Siebensachen. Man steht erwartungsvoll am Transportband. Allmählich fragt man sich erschüttert: Wo bleibt der Koffer, wo bleibt der Seesack, wo bleibt die wohlgepackte, schmucke Reisetasche? Oder hat man selbst die Adressen verwechselt? – Nein, das kann nicht sein. Das weiß man bestimmt. – Hat ein schlampiger Bediensteter vom Bodenpersonal die Bestimmungszettel abgerissen oder so stark beschädigt, dass ein Entziffern unmöglich wurde?

So nach und nach holt jeder Mitgeflogene erleichtert sein Gepäck ab. Doch den Letzten beißen wieder einmal offenbar sozusagen die Hunde. Lange noch steht man versunken und nachdenklich da. Das schwarze Gummi-Förderband zeigt sich jetzt nach getaner Arbeit vollkommen statisch. Kein einziger

Rucker findet mehr statt. Was ist denn da wohl passiert, was zu tun? Da müsste doch noch was eintreffen.

Doch die Klappe bleibt geschlossen. Der Flieger, mit dem man vor einer Stunde hereingeflogen war, hebt seelenruhig wieder ab und eilt ungerührt gen Himmel, sozusagen von dannen nach hinnen. Aber das Transportband bleibt unbeweglich, wie versteinert.

Und los geht's wieder einmal. Der ganze Rattenschwanz mit Beschwerden, behördlichem Kram, das Formulareausfüllen und Formularebearbeiten nimmt seinen Lauf. In den meisten Fällen ist man aber seine mühsam eingepackten Utensilien los.

Irgendwo darf das nun herren- und frauenlose Gepäck unbeschwert herumfliegen, oft mehrmals um die ganze Welt. Das kann dauern. Und weil die unnötige, fremde Last allmählich stört, hat man ein Sammellager für all diese Dinge geschaffen. Die Besitzer sind längst nach allen Regeln der Kunst abgeschrieben. Kein Mensch kann sich mehr um die aufwendige Rückführung der Gepäcksachen zu ihren wahren Besitzern kümmern.

Oder es trifft ja auch ab und zu ein, dass das Gepäck wenigstens teilweise einen leichteren Flugzeugabsturz gut überdauert hat. Manchmal ist schließlich nicht alles im Eimer. Da geht es aber doch auch drunter und drüber. Die allgemeine Verwirrung erreicht einen gewissen Höhepunkt, und manches bleibt zunächst zurück, was später als vermisst gemeldet wird. Und wo soll der ganze Krempel hin? – Jawohl! Was übrig bleibt, kommt ins Sammellager. Immer wieder einmal, bevor die Lagerstätte überquillt, findet dann eine große Versteigerung all der angestauten Dinge statt.

Dadurch ergibt sich eine einmalige Gelegenheit. Da kann der Eingeweihte oder derjenige, der davon rechtzeitig erfahren hat, das geheimnisschwangere Reisegepäck zu Schnäppchenpreisen ersteigern. Alleine das Öffnen oder Erbrechen der rätselumwitterten Stücke ist ohne Weiteres dazu in der Lage, eine erwartungsvolle Gänsehaut zu erzeugen. Was kommt da alles an die Oberfläche? Meist Erstaunliches wie sündteure Schuhe, eine geschmackvolle Krawatte, Mundvorrat oder exotische Kleidung. Manchmal aber leider auch lediglich Banaleres wie frische Unterhosen oder gebrauchte Socken sowie dergleichen Hemden.

Vorausschauend war der schlaue Fuchs Fridolin sofort zur Stelle. Ein Gebot nach dem anderen konnte er locker übersteigern. Das Preis-Leistungs-Verhältnis schien immer noch erschwinglich, wo er doch ein beträchtliches Überraschungsmoment für sich verbuchen konnte. Zufrieden murmelte er nach abgeschlossenem Geschäft: »Schwein gehabt!«

Zum Schluss lag seine stattliche Ausbeute bei drei ansehnlichen Koffern, einem Seesack aus imprägniertem Linnen sowie einer umfangreichen tiefblauen Reisetasche mit kleinem Vorhängeschloss. Mit sich zufrieden und überglücklich transportierte er das erworbene Gut heimwärts. Alles in allem war der gesteckte Preisrahmen voll im Limit geblieben.

Folgerichtig dachte er still bei sich: »Was davon schenke ich nun meiner schmucken neuen Geliebten zu Weihnachten? Die würde ich nämlich gerne länger behalten.«

Eigentlich wurde er immer begieriger darauf, das geheimnisvolle Gut lediglich in Begleitung einer teuren Flasche Spätburgunder ausschließlich persönlich zu öffnen. Aber weil er im Grunde seines Herzens nicht nur kleinlich, sondern auch ziemlich großzügig sein konnte, traf er eine schwere Entscheidung: »Es soll die umfangreiche tiefblaue Reisetasche als tolles Geschenk unter dem Christbaum sein!«

Die Dekoration des Weihnachtsbaums nahm in seinen Gedanken auch schon Formen an, auch wenn draußen noch die Herbstsonne ungewöhnlich kräftig herabbrannte. Bei Föhnstimmung im November entschied er sich für Silber in Form von Lametta und matt glänzende tiefblaue Kugeln, was ja auch der Farbe der Tasche ziemlich genau entsprach.

Am gleichen Abend noch, und erwartungsvoll, nahm er sich die entsprechende Zeit. Zunächst widmete er sich, unter Begleitung eines süffigen Spätburgunders, den zwei aus stabilem Kunststoff in Mausgrau und Schwarz bestehenden Koffern. Einen nach dem anderen. Schon der erste, mausgraue, überpralle, leistete erbitterten Widerstand, bis das Schloss mit all seinen Tücken am Ende war. Schwer beschädigt musste er, der Mausgraue, schließlich der rohen Gewalt weichen. Widerwillig sprang er auf, und schon quoll der Inhalt hemmungslos hervor.

Es handelte sich um neun fabrikneue Hemden mit der Kragenweite 39 sowie reichlich T- und Sweatshirts, vier Boxershorts. Anschließend und darunter schaute ein großgeblümter Schlafanzug hervor. Badeschuhe, Badehose, Bademütze, Badehandtuch und starker Sonnenschutz sowie eine Taucherbrille nebst Schnorchel kamen der Reihe nach an das Tageslicht. Dazwischen warteten mehrere Bücher darauf, gelesen und gewürdigt zu werden: *Wie tauche ich gefahrlos; Schnorcheln, aber richtig* und *Oswalt Kolle: Das Wunder der Liebe.*

Beim Studium des letzteren begleitete ihn bereits die zweite Flasche Spätburgunder. Während er *Das Wunder der Liebe* inhalierte, klingelte das Smartphone. Es war die neue, schmucke Geliebte: »Ich komm noch auf einen Sprung vorbei. Ich habe Sehnsucht.« Und schwupp!, war sie weg, das heißt unterwegs.

Schnell verräumte er alle Spuren bezüglich Koffer und Tasche, zog eines der fabrikneuen Hemden an, und schon wurde die Klingel unten betätigt. Er öffnete überwiegend heiter im frischen Hemd und etwas angetrunken.

Seine Neue begrüßte ihn liebevoll: »Das Hemd ist ja viel zu klein. Und wieso liegt da ein Buch am Boden?« Neugierig hob sie es auf und vertiefte sich sofort in die schwach erotische Lektüre. Nach einer Weile: »Das ist ja Liebe aus dem bundesdeutschen Altertum. Da kannst du bei mir nicht punkten!«

Die dritte Flasche Spätburgunder wurde mühsam geöffnet und der Inhalt unsicher auf zwei Gläser anvisiert. Der gute Wein sprudelte leider etwas eilig heraus.

Die schmucke Geliebte heulte rückhaltlos auf: »Rotweinflecken! Die bring ich nie mehr aus dem neuen Kleid! Du bist doch ein Tölpel!«

Der gute Fridolin nahm aber diese Sache zum Glück nicht übermäßig ernst. Sein Selbstbewusstsein war nicht so leicht zu erschüttern. Ausführlich versuchte er ihr klarzumachen: »Da sind doch sowieso die großen roten Blumen drauf. Die kommen jetzt noch vielfältiger, abstrakter, stärker zur Geltung, oder! Außerdem hab ich auch schon ein einmaliges Geschenk für dein Weihnachten parat.«

Das genügte. Die schmucke Geliebte machte auf dem Absatz kehrt und war sozusagen wie der Blitz beim Tempel hinausgeeilt. Teilnahmsvoll rief er ihr noch nach: »Salz drauf, Salz drauf – und schon ist das weg, das bisschen Flecken!«

Doch wer für länger weg war, vielleicht sogar auf unbestimmte Zeit, war sie. Nun fand er wieder seine Ruhe, um sich weiter in die erworbenen Geheimnisse zu vertiefen.

Der zweite Koffer wurde aufgesprengt. Leider zeigte sich der Inhalt zunächst gar nicht nach seinem Geschmack. Enttäuscht musste er die vierte Flasche Rotwein öffnen. Dann entsorgte er ungefähr 500 großformatige Baupläne und ausgedruckte Grundrisszeichnungen sowie Texterläuterungen in kyrillischer Schrift für ein imaginäres Megacity-Vorhaben. Die ganze Angelegenheit musste sich offensichtlich auf russischem Hoheitsgebiet befinden. Darunter, genau wie darüber, befand sich Schaumstoff zur Polsterung der anscheinend oberwichtigen Sachen.

Aber als er schon beinahe zornig den Koffer einfach umdrehte, fiel noch ein weich umwickelter Gegenstand heraus. Der Inhalt: eine kleine, unscheinbare Nadel, jedoch – sensationell – aus purem Gold.

Am nächsten Tag – Fridolin war wieder vollständig nüchtern geworden – konnte er erfahren, dass es sich um eine Haarschmucknadel skythischen Ursprungs handelte. »Diese verwilderten Reiterleute aus Südrussland sind ja kaum erforscht. Man weiß bis heute noch nicht, wie sie an das Gold herangekommen sind. Die hatten keinerlei Goldbergwerke in der Steppe. Daher vermute ich als Fachmann, dass sie alles einfach zusammengestohlen haben.«

Das meinte der befragte Experte, ein befreundeter Hobbyarchäologe. So nach und nach reimte sich der glückliche neue Besitzer des raren Gegenstandes zusammen, dass da mit dem verschollenen Koffer höchstwahrscheinlich ein Bestechungsfall sein vorzeitiges Ende gefunden haben musste. Und er war der glückliche Nutznießer.

Am nächsten Tag wollte er sich neugierig dem ebenfalls günstig ersteigerten Seesack widmen. Doch als er sich näher damit befasste, kam etwas Überraschendes zutage: Schwer leserlich, aber doch entzifferbar entdeckte er eine Adresse in Hamburg-Blankenese. Nach einem Kampf, den er mit sich selbst ausfechten musste, war die Sache für ihn klar. Er schickte, wenn auch schweren Herzens, das ehrlich erworbene Stück wieder seinem tatsächlichen Besitzer entgegen. Nach neun Tagen erreichte ihn auf dem Postwege ein ausführliches Dankschreiben. Der Besitzer, ein ehemaliger Matrose, mühsam existierend als Hartz-IV-Empfänger, zeigte sich überglücklich angesichts seiner sämtlichen wiedergefundenen Habseligkeiten. Das beweist deutlich, wie auch ein abgehärteter, salzwassergetaufter Seemann im Herzen vollständig erweicht, sobald ihm echte Anteilnahme und Lebenshilfe entgegenschlägt.

Dann kam es, wie es wieder einmal jährlich genau kommen musste. Weihnachten stand unmittelbar, beinahe wie soeben aus dem Boden entsprungen, bevor. Allmählich, wenn auch mühsam, hatte der eifrige Fridolin den Kontakt zu seiner schmucken Geliebten wiederhergestellt. Fast wäre sie im Laufe der kurzzeitigen Trennung einem unverhofften Rivalen aus dem Flughafenpersonal als Beute anheimgefallen. Der scheinheilige Bursche, noch dazu ein Freund und ziemlich vertrauter Arbeitskamerad, brach aus verliebter Begehrlichkeit das ungeschriebene Gesetz: »Begehre niemals die schmucke Geliebte deines Kollegen!«

Der Heilige Abend war mit leichter Schneeauflage und glitzerndem Frost angekommen. Ein bereits früher sorgfältig und dekorativ geplanter Christbaum strahlte aus der gut gesäuberten Ecke, in welcher sonst der Staubsauger untätig lehnte. Nach einem einfachen, aber schmackhaften Menü, bestehend aus gebratenen Knoblauchshrimps in Olivenöl und gut warmen Maronikastanien sowie etwas Rucolasalat, hatte diesmal der schlaue Fuchs Fridolin auf Weißwein umgesattelt. Das Malheur von der letzten, nicht ganz unproblematischen Begegnung mit Flecken war noch nicht völlig aus seinem scharfen Gedächtnis entschwunden. Zufrieden und wohlig tastete er nach der schmalen rechten Hand seiner schmucken Geliebten, die sie ihm gerne und erwartungsvoll reichte. Denn nun sollte ja die fröhliche Bescherung losgehen. Die Geliebte legte noch schnell etwas unter den Weihnachtsbaum, als Fridolin kurz in der Küche werkelte. Schnell und festlich sang sie eine kurze Strophe von den Himmeln und dem bald herabtauenden Gerechten. Und schon war zwar nicht der Gerechte, aber der feierlich gepolte Freund Fridolin wieder im Raum.

Neben dieser neuerlich abgelegten Geschenksache warteten eine tiefblaue, größere Reisetasche und ein schweinslederner, weit gereister Koffer mittlerer Größe auf die feierliche Eröffnung. Und schon fand die weihnachlich-traditionelle Zeremonie statt. Zunächst durfte er sein aufwendig in Japanpapier verpacktes Präsent auswickeln. Es handelte sich um ein feines Seidenhemd mit der passenden Kragenweite 43 und nicht kleiner. Natürlich zeigte er sich dankbar und recht glücklich, denn sie strahlte dazu verheißungsvoll.

Jetzt kam sein großer Auftritt. In blumigen Worten vermittelte er ihr das erstaunliche Geheimnis der tiefblauen Reisetasche. Erst skeptisch, aber dann recht neugierig durfte sie ran an dieses rätselhafte Präsent. Fridolin erbrach für sie das kleine Vorhängeschloss, und schon – ritsch, ratsch, klang der Reißverschluss in die gespannte Atmosphäre – kam sie dem Inhalt näher. Und der war ja nun wirklich und überraschend beinahe prächtig. Ganz oben fand sich ein goldpaillettenbesetztes Kostüm in Tiefblau. Fridolin rief beinahe leicht nervös, aber begierig: »Das musst du augenblicklich anprobieren!« Und schon streifte sie etwas mehr Kleidung ab, schlüpfte in das verheißungsvolle Stück, und siehe da: Es passte wie angegossen. Zum Dank fiel sie ihm spontan und herzlich um seinen Hals, welcher versehen war mit dem neuen, bläulich gemusterten Seidenhemd der Kragenweite Größe 43.

Wie sich durch das weitere Auspacken der Utensilien herausstellte, musste es sich um eine sündteure Modekleiderkollektion für eine Art Mannequin handeln, vielleicht sogar für ein besonders teuer bezahltes, berühmtes. Und das Frappierende, nachhaltig kommentiert von seiner Geliebten: »Das passt ja alles wie maßgeschneidert!« Es fügte und schmiegte sich auch tatsächlich wie eine zweite Haut um den edlen Körper der schmucken, umgehend immer mehr und über alles Geliebten.

Nun blieb noch eine beidseitig zu lösende frohe Handlung. Der Schweinslederkoffer wurde gemeinsam sorgfältig erbrochen. Die große Überraschung fand zwar dadurch nicht mehr statt. Sichtlich, aber nicht allzu sehr betroffen bemerkte der Verliebte: »Gerade von dem weit gereisten Schweinslederkoffer hätte ich mir wesentlich mehr erwartet.«

Jedoch war das auch kaum mehr nötig, denn es herrschte trotzdem eitel Wonne. Der unscheinbare Inhalt: überwiegend verschiedenste benutzte Ober- und Unterwäsche, gerade recht für den Altkleidercontainer, vielleicht auch als Futter für die Waschmaschine. Trotzdem flötete sie (natürlich keineswegs die Waschmaschine) ergriffen: »Das ist Weihnachten, wie es singt und klingt, und tatsächlich so wirklich unwirklich wie aus einem wahr gewordenen Märchen.«

Ganz nüchtern war die schmucke Geliebte offensichtlich auch nicht mehr. Weißwein hat auch seine Promille.

Albtraum im Advent

So ein Supermarkt muss ja ständig auf dem neuesten Level sein. Vor allem wenn der Umsatz sang- und klanglos etwas einbricht, müssen umgehend größere Überlegungen angestellt werden. Noch dazu weil wieder einmal der Advent als besonderer Einkaufsmagnet unausweichlich herannaht. Gleich ist es wieder so weit. Da steht man dann als Kunde vor dem umfangreichen Laden und, vielleicht sogar verzweifelt, vor dem Hinweis: »Geschlossen. Wir bauen für Sie um.«

Das musste ein guter Bekannter, ein Frühpensionär, kürzlich an seinem eigenen Leib erfahren. Als ehemaliger Ministerialrat heimste er monatlich und pünktlich eine erkleckliche Auszahlung ein. Trotzdem fand sich, erwerbsmäßig gesehen, immer nur das Billigste in seinem Einkaufswagen. Kurz und knapp gesagt: Er war von Haus aus ziemlich geizig. Täglich prüfte er intensiv die Werbezettel, die aus seinem Postkasten unzählig hervorquollen. Diese nehmen ja an Umfang und Zahl lange schon vor den hohen Festtagen gewaltig zu.

Doch vorläufig leider vergeblich. Erst an einem Nachmittag Ende November sollte laut Ankündigung der Eröffnungsevent stattfinden.

Etwa zwei Stunden vor dem großen Ereignis traf ich ihn, den Privatier, auf einer Parkbank lauernd, in allernächster Nähe der Einkaufsquelle. Er machte einen ziemlich fertigen, blassen Eindruck. Hatte er schlecht geschlafen, und das selbst als ehemaliger höherer Staatsdiener? Ich fragte ihn unumwunden nach dem Grund.

Das hätte ich lieber bleiben lassen sollen. Wie immer als gelernter Beamter, holte er nicht nur sehr weit aus, sondern verzettelte sich mit seinen Erläuterungen vom Hundertsten bis ins Tausendste.

Umständlich versuchte er am Anfang zu beginnen, fand ihn aber nur sehr schwer: »Also, die Sache ist die: Gestern um sieben Uhr, nein, es war doch schon sieben Uhr und zehn Minuten, also 19.10 Uhr am Abend. Ich wollte eigentlich Spaghetti mit Tomatensoße kochen. Doch da stellte ich fest, dass ich gar keine Spaghetti mehr zu Hause hatte.«

Ich unterbrach ihn noch nicht, weil ich genau wusste: Wenn er dadurch völlig aus seinem Konzept herauskäme, würde ich morgen noch dasitzen.

Er fuhr auch ziemlich bald wieder fort: »Also, keine Spaghetti. Da isst man dann notgedrungen das, was man noch so da hat. Oder das von gestern. Ich habe dann anschließend noch den Teller und die Gabel, also auch ein Messer, abgespült. Sowie eine benutzte Tasse.«

Gleich dachte ich wieder daran, dass er ja von Jugendbeinen an ein eingefleischter Junggeselle war.

Er musste solche schwerwiegenden Dinge immer alle selbst machen. Da ist man ständig ganz auf sich allein gestellt.

Und schon nach gar nicht langer Zeit setzte er fort: »Als ich dann den Fernseher eingeschaltet hatte, so gegen acht Uhr, und fünfzehn Minuten später nach den Tagesnachrichten noch der Wetterbericht durchgegeben wurde, sagte der Wetterfrosch ungerührt: ›Schon wieder Föhn.‹ Dadurch bin ich umgehend recht müde geworden. Das war schon den ganzen Tag, weil ich noch dazu den Föhn überhaupt nicht vertrage. Vor den Nachrichten ist ja immer Werbung. Aber nicht lange. Ich bin dann glatt eingeschlafen. Und kaum später, also das muss nur ganz kurz danach gewesen sein, so gegen neun Uhr, ging es los.«

Schon beinahe nur noch mit Mühe gefasst, aber zunehmend ungeduldiger, unterbrach ich das Gelaber: »Was war denn nun endlich? Sag es mir doch bitte heute noch!«

Ernst und sichtlich beleidigt sammelte er sich: »Ganz schwerer Traum. Böser Horror. Ich musste in den Supermarkt. Nichts mehr daheim. Noch dazu bald Weihnachten.« An dieser Stelle versuchte er sämtliche Dinge aufzuzählen, welche er einkaufen wollte.

Es ging nicht mehr anders. Ich musste ihn erneut abrupt unterbrechen: »Bitte, was war denn los, dass du so fertig bist? Sag es mir doch endlich! Das ist ja eine regelrechte Folter, was du mit mir machst!«

Seelenruhig wartete er etwas. Er besann sich zunächst, wie er das wahrscheinlich auch früher auf seinem Beamtensessel tat. Dann brach es langsam aus ihm heraus: »Du kannst dir wahrscheinlich gar nicht vorstellen, wie sehr so ein Albtraum zuschlagen kann. Ich bin immer noch fix und fertig. Und das kam so: Ich werfe einen Euro ein. Ich will mir wie immer einen Einkaufswagen ordern. Und siehe da, so ein Gerät ist dreimal so groß wie früher. Sozusagen ein überdimensionales Fahrzeug. Der Wagen ist mit drehbaren Schalt- und Gasgriffen versehen. Dass die Bremse fehlt, fällt mir zunächst nicht auf. Auch eine richtige, große Gummihupe wie ganz früher bei den Motorrädern ist vorhanden. Und jetzt sehe ich: Da ist ja sogar ein Motor zwischen den Rädern aufgehängt. Ich drehe vorsichtig am Gas. Schon rattert das Ding ziemlich schnell los, und ich muss wie mit daran gefesselten Händen mitsausen. Ich glaube, da war ein richtiger, starker Menschenmagnet dran, der dich nicht mehr freigibt. Wir brettern durch zwei Schwingtürflügel, die wie in einer Wildwestbar hinter mir hin und her schlagen.«

Er musste eine Pause einschalten. Das verstand ich. Allmählich konnte er mühsam weitererzählen.

»Aber jetzt kam erst so richtig Angst in mir auf. Während ja der Einkaufswagen dreimal voluminöser als früher war, hatte man die Gassen so verengt, dass eine Kollision mit den Waren rechts und links fast nicht verhindert werden konnte. Und schon flogen die Konserven und die Käseschachteln durch die Gegend, ebenso auch eine große Plastiktube Mayonnaise, die aufplatzte und sich von oben bis unten über mich ergoss. Die Regale türmten sich noch dazu wolkenkratzermäßig in die Höhe und verjüngten sich nach oben. Dabei schwankten sie so bedenklich, als ob sie jederzeit über mir zusammenstürzen wollten.

Doch nun sollte es erst richtig beginnen mit den Albdrücken. Immer mehr Kunden waren durch die Schwingtürflügel eingedrungen. Alle in rasantem Tempo. Und wie es nicht anders sein konnte, um den Horror noch zu beflügeln: Es kam Gegenverkehr! Kalter Schweiß durchbrach mein Hemd. Der Zusammenstoß mit höherer Geschwindigkeit schien nicht mehr abwendbar. Ich hupte wie ein Verrückter. Doch ganz kurz vor der Kollision bog der Kontrahent plötzlich links in eine andere Gasse ab.

Kaum war diese Gefahr glimpflich vorüber, raste erneut ein völlig überfüllter Wagen auf mich zu. Der Fahrer blieb hinter den aufgehäuften Sachen unsichtbar. Wahrscheinlich ein Rambo. Gerade überlegte ich, in welchem Krankenhaus ich wohl aufwachen würde. Doch, erstaunlich: Wie von Geisterhand gestoppt, standen beide Wagen plötzlich wie angewurzelt auf der Stelle. Das Unangenehme an der Sache war nur, dass durch die entstandene Fliehkraft ungefähr so etwa hundert Gegenstände wie Klopapier, Bananen, Zigarettenschachteln, eine große Packung Waschpulver und vieles mehr auf mich herabprasselten. Ab sofort wollte ich nur noch hinaus.

Doch was stellte sich heraus? Der gesamte Supermarkt hatte sich in einen furchtbaren Irrgarten verwandelt. Unentrinnbar! Ich hupte ununterbrochen und schrie so laut wie möglich um Hilfe. Wie in einer Geisterbahn durchsauste ich dabei immer neue Gassen, und zahlreiche Beinahe-Kollisionen zermürbten mich durch und durch. Die Hupe heulte klagend. Ich selbst konnte nur noch heiser krächzen. Der absolute Zusammenbruch war greifbar.

Aber wie durch ein Wunder war ich durch meinen anhaltenden Lärm glücklicherweise plötzlich wieder erwacht. Nach Atem ringend lag ich am Boden vor dem Fernseher. Der Wetterbericht war längst vorüber, und ein Horrorfilm lief gerade auf den Höhepunkt zu. In einem menschenleeren Supermarkt sauste, nach vorn gebeugt auf einem herrenlosen Einkaufswagen sitzend, eine übel zugerichtete Leiche durch die dunklen Gassen. Die rechte Hand hatte sie mahnend und geisterhaft erhoben. Dabei sang die untote Leiche ein schauriges Lied, betreffend Doktor Frankenstein. Ich sammelte meine ganzen Kräfte. Mit einem Hausschuh traf ich die Austaste vom Fernseher. Jetzt sitzt mir noch heute das eiskalte Grauen in den Gliedern.«

Inzwischen spielte drüben vor dem Supermarkteingang eine flotte Blasmusik in echt oberbayerischer Trachtenverkleidung, und eine Schwadron Luftballone wurde in Richtung Himmel entlassen. Ein Kinderchor sang frisch. Gutscheine und Flyer wurden verteilt. Es war zwar erst November, aber schon agierte ein rauschebärtiger Nikolaus mit goldenem Bischofsstab und hoher, heiliger Mütze zwischen den Leuten und rief ungefragt ungefähr alle zwei Minuten aus tiefer Brust sein dreifaches »Ho, ho, ho«. Mehr fiel ihm so lange vor seinem tatsächlichen Auftrittstermin noch nicht ein.

Mein lieber Exbeamter war wie von einer Tarantel gestochen aufgesprungen. Er holte einen Einkaufszettel aus der Hosentasche und eilte hinüber. Die Sonderangebote verfolgten ihn wahrscheinlich schon länger.

Ich kam etwas später nach, ohne Eile. Der Unterstand, wo sonst die Shopping-Trolleys waagerecht gestapelt sein mussten, zeigte sich leer. Ungefähr ein paar Hundert Leute, oder noch mehr, mussten den Eingang gestürmt haben. Als ich endlich, ohne das obligate Fahrzeug, auch eingedrungen war, machte ich eine Feststellung, die mich unangenehm an den soeben gehörten Horror-Albtraum erinnerte. Die Gassen waren tatsächlich enger geworden, die Angebote beträchtlich mehr, und die pausenlos ein- und ausfahrenden Einkaufswägen erschienen mir mindestens doppelt so groß wie früher. Selbst der gewaltige Verkehr in den Gassen zeigte sich schneller und gefährlicher als vor der Modernisierung. Platzangst breitete sich in mir aus.

Und da schepperte es bereits durchdringend. Mein lieber Beamtenfreund war mit seinem hoch aufgeladenen Wagen wie mit einem Rennauto viel zu schnell um eine unübersichtliche Ecke gebogen. Zwar gab es keinerlei Verletzte, aber viele schöne Sonderpreissachen flogen ungehemmt durch die Gegend. Beispielsweise wurde ich von einer Schachtel Christbaumschmuck unverhofft getroffen. Die Fliehkraft hatte sich wieder einmal, wenn auch mit gutem Recht, aber doch unangenehm bemerkbar gemacht.

Gerade konnte ich dem verdutzten Exbeamten noch zurufen: »Der nächste Albtraum heute Abend nach dem Wetterfrosch im Fernsehen wird unausweichlich eintreffen. Und der Föhn wird dich auch weiter verfolgen.«

Er sammelte seine Siebensachen hastig ein. Und schon war er in die nächste Gasse abgebogen.

Aber sofort ertönte ein unangenehmes Geräusch. Eine hohe, aufgebracht klingende Stimme folgte auf dem Fuße: »Passen Sie doch auf! Sie sind ja schließlich hier mit Ihrem Rennwagen nicht alleine unterwegs. Nehmen Sie lieber einen Rollator!«

Die guten und die bösen Mächte

Weil im Dorf meiner Kindheit das regelmäßig im Advent aufgeführte Krippenspiel so erfolgreich über die Bühne gelaufen war und sogar viele Jahre immer wieder ziemlich positives Aufsehen erregt hatte, entstand im weit größeren und reicheren Nachbardorf eine kaum verhohlene Eifersucht. Man wollte unbedingt auch eine wuchtige Veranstaltung mit vorweihnachtlichem Flair auf die Beine stellen.

Der Notenwart des Kirchenchores war überzeugt: »Was die können, das können wir schon lange.«

Das war jedoch bei denen da drüben zunächst überhaupt nicht so einfach, wie es klang, weil es offensichtlich an der nötigen Autoritätsperson fehlte. Sie hatten weder einen tatkräftigen Herrn Hauptlehrer noch eine ehrgeizige Frau Religionslehrerin, um so etwas Gigantisches wie bei uns zu gestalten. Und plötzlich, als es ernst wurde, schob auch der Notenwart die gesamte Verantwortung für so einen Event weit von sich. Er stellte sich als sogenannter Sprüchemacher heraus. Außerdem bezweifelte man bei uns die schöpferische Kraft dieser aufstrebenden

Nachbarn in puncto Schauspiel. Irgendwann fand sich aber dann doch ein pensionierter Musiklehrer, der sowohl mit hochprozentigen Getränken als auch mit Posaune, Basstuba und Alphorn recht gut umgehen konnte. Auf die vorsichtige Anfrage, ob er seine Kompetenz und Kapazität für die Sache zur Verfügung stellen könnte, meinte er zwar etwas beschwipst, aber unumwunden: »Jawohl.«

Und so entstand unter ausgedehnten Mühen und Plagen sowie reichlich schwierigen Proben das gar nicht so schlechte Sing- und Adventspiel als konkurrierende Veranstaltung zu unserem hervorragenden Krippenspiel. Leider war bei diesen Dilettanten anfangs sogar ein größerer Zulauf zu verzeichnen, der dann bei unserer Besucherzahl abging. Noch dazu weil diese Proleten überhaupt nicht davor zurückschreckten, eine Überschneidung der jeweiligen Aufführungstermine mit den unseren zu riskieren.

Von Anfang an dabei waren natürlich auch einige unserer Spione, die unsere Spielleitung zur Information und zur Auslotung des kulturellen Wertes dieser unverfrorenen Konkurrenz abwechselnd zu diesen Veranstaltungen hinschicken musste. Dies geschah bereits bei den Proben, um rechtzeitig ein vollständiges Bild des Spektakels entstehen zu lassen.

Schon bei diesen Proben ergaben sich interessante Erkenntnisse: Die Struktur dieses Theaters war eine völlig andere als bei uns. Da fragte man sich schon, ob bei denen nicht etwas zu viel Wert auf die heidnische Seite gelegt wurde, weil auf die bösen Mächte ein Riesenanteil an dem Stück entfiel. Inwieweit das kirchenrechtlich zu vertreten war, blieb dahingestellt. Unsere Seite wollte da keineswegs als Ankläger in Erscheinung treten. »Das klingt doch immer gleich nach Judas und Verrat«, verlautete aus unserer Spielleitung.

Das Stück handelte im Grundkonzept, wie schon angedeutet, von zwei unterschiedlichen Gruppierungen, die sich überhaupt nicht grün waren. Die einen verkörperten die guten, die anderen die bösen Mächte. Das Ganze war offensichtlich durch den hinteren Teil der Bibel inspiriert. Es klang stark nach der geheimnisvollen Offenbarung. Diese gegensätzlichen Mächte hatten zusammen über zwei Stunden sowohl musikalisch als auch sprachlich schwer miteinander zu ringen. Das ging, wie sich schnell herausstellte, nicht ohne Ärger und Rangeleien ab. Die Interessen waren einfach viel zu verschieden.

Einer unserer Spione, ein verlässlicher Berichterstatter, vermittelte uns ein genaues Bild der ganzen Sache. Natürlich fühlte er sich nicht so recht wohl als geheimer Spion. Andererseits musste er zugeben, dass so ein Spezialauftrag auch seine spannenden Seiten besitzt. Es war ziemlich kalt geworden, und bei den Proben sparten diese Pfennigfuchser sogar an der Heizung. Deshalb verkündete er stolz: »Ich glaub, ich bin genau so einer wie ›der Spion, der aus der Kälte kam‹, in dem damaligen nervenzerfetzenden Film.« Zum Glück schöpfte niemand Verdacht, und er war auch nicht als Beauftragter unserer Seite aufgeflogen. Das wäre besonders peinlich geworden, weil er sowieso nicht der Hellste ist.

Das Ganze begann mit einem furchterregenden Getöse der bösen Mächte mittels Trommeln und

Gebrüll. Noch dazu blies der pensionierte Musiklehrer aus voller Lunge disharmonische Töne abwechselnd durch das Alphorn und die Basstuba, ja sogar die Posaune heraus. Anschließend lief der Anführer dieser teuflischen Freunde als Chef einer unangenehmen Schar auf die Bühne. Es war der furiose Luzifer persönlich. Er fuchtelte mit einem hölzernen Mehrzack umher, hatte einen geschickt angebrachten Pferdefuß und verbreitete schon, zumindest bei den jüngeren Besuchern, etwas Schauder und sogar einen Anflug von Ängstlichkeit. Er verkündete kühn und frech: »Mir reicht es jetzt. Ich will endlich aus der Opposition heraus. Ich werde mit meinen gefallenen Engeln endlich die Macht an mich reißen!« Alle seine Anhänger, mehrere Erwachsene, aber auch ziemlich viele mittelgroße Schüler bis herab zu Kindergartenknirpsen, waren bösartig und unheimlich anzuschauen mit schwarz getönten, rußigen Gesichtern und fetzenhafter Bekleidung. Sie sahen aus, als ob sie durch einen Wolf gedreht worden wären.

Der Luzifer schrie markerschütternd und aus vollem Halse: »Auf geht's! Wir besetzen zuerst sämtliche christlichen Einrichtungen wie Kirchen, Pfarrhäuser und alle Vereine und Zentralen, die ein C vornedran im Schilde führen.«

Hier rief ein renitenter Besucher, wahrscheinlich ein Anhänger aus linkeren, auch etwas bösen Kreisen: »Da seids ihr aber z' spät dro! Die habn des C ja scho lang verschlampt!«

Darauf ging aber schon ein kräftiges Murren und Grollen durch die betroffenen Kreise. Glücklicherweise donnerte es als postwendende Antwort plötzlich ganz gewaltig, weil der Xare, ein gutmütiger Behinderter, hinter der Bühne auf ein beachtliches Stück Blech hauen durfte. Und wer erschien strahlend und umgehend? Es war der Erzengel Gabriel himself mit einem grell bemalten, riesigen hölzernen sowie gezackten Flammenschwert und in einem knöchellangen Nachthemd aus schwerem, gebleichtem Linnen. Und sowohl rechts und links als auch hinter ihm erschien dazu ein einigermaßen friedliches Bild. Bis auf die Bewaffnung. Es waren ein muskulöser Cherub mit Kurzschwert und ein auch recht kräftiger Seraph, mit Lanze ausgerüstet, an den Seiten ihres Anführers. Damit konnte auch die maskuline Dominanz des heroischen Auftritts sichergestellt werden, wo doch so ein Nachthemd so gut wie nix über die Geschlechtszugehörigkeit aussagt. Beeindruckend klapperten die zwei Vertreter der guten Sache von Fall zu Fall mit ihren Flügeln. Leider löste sich schon nach kurzer Zeit der linke vom Seraph. Er wurde aber schnell wieder gut angehängt.

Der pensionierte Musiklehrer wollte dann auch noch den Erzengel Uriel einfügen, weil ihm nach einer Flasche Weißwein, einem süffigen »Kröver Nacktarsch«, dessen Name so gut gefiel. Doch da war man übereinstimmend der Meinung, dass nicht alle bedeutenden Kämpfer des Lichts auftreten konnten. Es herrschte ja so schon offensichtlich hoffnungsloser Platzmangel. Damit wurde wohlweislich auch einer Verzettelung Einhalt geboten. Schließlich hatte man ja auch schon auf den wichtigsten Vertreter dieser Gattung, den Metatron, verzichtet, weil er sich einfach als zu unbekannt erwiesen hatte, sogar in den zuständigen, kompetenten Kreisen.

Beruhigend wirkte sich auch der von den guten Mächten stolz getragene goldene Heiligenschein auf die Szene aus. Dahinter dehnte sich auf ein paar Metern die unterschiedlich hohe Engelschar, ebenfalls mit strahlend weißen Nachthemden und dem obligaten Heiligenschein versehen. Als wichtige Nachhut, wenn auch etwas verspätet, trabte noch der Michael, seines Zeichens ebenfalls Erzengel, herein. Er trug einen beachtlichen Schild mit sich. Auf dem stand laut und deutlich: »O, du mein Schutz und mein Schild«. Gemeint war natürlich die allerhöchste Macht, die beim Sieg behilflich sein sollte. Obwohl ja jeder sowieso von vornherein genau Bescheid wusste, wie das Ganze auszugehen hatte.

Dann ging es aber erst so richtig los. Es folgte nämlich eine größere Auseinandersetzung, bei der naturgemäß die bösen Mächte den Kürzeren ziehen mussten. Als sie endlich vertrieben waren, erklang nach kurzer Pause ein wunderbarer Dreigesang. Die Ausführenden, drei hübsche Dirndln in Brokatdirndlgewändern, hatten die Bühne erklommen, ihre Notenständer aufgebaut und legten mit ihren klangvollen, geschmeidigen Naturstimmen los. Ein versierter Zitherspieler in Gebirgstracht begleitete und umschmeichelte sie mit schmelzender Hingabe. Es handelte sich um die einfühlsame Komposition *Gott hat alles recht gemacht* … Und schon war ein echter Friede eingekehrt.

Damit war es aber noch lange nicht getan. Die bösen Mächte schlichen sich langsam, hinterlistig, fluchend und murrend wieder auf die Bühne. Sie konnten einfach keine Ruhe geben. Und kaum war der stimmungsvolle Dreigesang fast beendet, krakeelte diese unheimliche Bande mit schrecklicher Untermalung der Tuba und des Alphorns sowie der Posaune wieder los. Die schwarzen Kameraden bäumten sich erneut schwer auf. Meisterhaft verstand es der pensionierte Musiklehrer, umgehend, sofort und überzeugend eine grauenvolle Szene heraufzubeschwören. Wilde Misstöne prasselten nur so hervor. Das Ganze ging sogar weit über eine normale disharmonische Zwölfton-Komposition hinaus. Die Spannung stieg dadurch aufs Neue erheblich, ja beinahe ins Unermessliche.

Geistesgegenwärtig stimmten jedoch die schlagfertigen Dirndln sofort fünf weitere Strophen des bewährten Liedes an. Sie übertönten zunächst damit das Böse beinahe, indem sie wesentlich lauter und kampfesbewusster als vorher artikulierten. Auch der Zitherspieler war überhaupt nicht faul und griff heftiger in die Saiten seines Instrumentes, bis eine derselben leider riss.

Aber gar nicht mehr lange, und die bösen Mächte mussten aufgeben. Beinahe sah es zeitweise zwar fast so aus, als ob die unverhohlene Bösartigkeit die Oberhand erringen könnte. Da hatten sich aber diese unangenehmen Mächte schwer verrechnet. Jetzt reichte es nämlich den himmlischen Heerscharen total. Sie räumten endlich mit dem schlimmen Gesindel und Getöse auf. Dabei, so stellte sich nachher heraus, gab es schon ein paar Leichtverletzte. Die ließen sich aber während dieses Aufräumens überhaupt nichts anmerken. Sie zeigten sich beinhart im Nehmen, hatten aber keine Chance. Das war ihnen wohl bewusst, aber sie verloren ungern.

Endlich zeigten sich die aufgewühlten Wellen geglättet. Ein Knabenchor mit dem Musiklehrer als Dirigenten enterte die Bühne, und weihevoll erklangen so traute Weihnachtslieder wie *Es ist ein Ros entsprungen* oder das mit der Tür und dem Tor, das weit geöffnet oder vielleicht auch abgerissen werden sollte. Obwohl es für so etwas ja eigentlich noch zu früh war im beginnenden Advent.

Nun zogen die Heiligen Drei Könige, ebenfalls etwas verfrüht, aber majestätisch, durch die Zuschauerreihen. Sie waren aber nur auf der Durchreise zum Stall nach Bethlehem. Jedoch verbreiteten sie dabei sehr viel Weihrauch, bis endloses Husten im Zuschauerraum ausgebrochen war.

Dann ging es Schlag auf Schlag. Der gesamte Kirchenchor hatte sich hinten im Saal versammelt und aufgestellt und sang auch noch ein paar passende Stücke. Mindestens zehn oder zwölf. Es wurde offensichtlich: Irgendwann war jetzt endlich der guten Sache Genüge getan. Sie hatte gerade noch locker obsiegt. Es waren ja auch bereits zwei Stunden ohne Pause vergangen. Aber langweilig war es überhaupt nicht geworden.

Sämtliche Teilnehmer durften dann zum Abschluss auf die Bühne, die eigentlich dafür viel zu klein war. Der Luzifer und der Erz-Gabriel reichten sich die Hände. Alle Waffen hatten sie vorher anscheinend hinter dem Vorhang abgeben müssen, damit nicht wieder ein Unfriede ausbrechen konnte. Und die

Heiligen Drei Könige waren offensichtlich auf ihrer Reise umgekehrt und auch wieder erschienen. Bis Bethlehem war es ja nicht mehr sehr weit. Da kamen sie bestimmt locker und im Laufe des Advents noch rechtzeitig hin.

Die beiden unterschiedlichen Mächte stimmten dann versöhnlich und einigermaßen tonrein einen choralähnlichen Gesang an. Es ging um Ausgleich und Verbrüderung. »Da könnte Beethoven im Spiel gewesen sein«, meinte einer unserer Topspione.

Der Beifall ertönte zwar erheblich, aber nicht ganz so rauschend wie nach unserem Krippenspiel. Vielleicht lag es daran, dass dieser Theatertruppe der Spielfaden doch etwas entglitten sein musste, auch wenn das Ganze noch zu einem glücklichen Ende gefunden hatte.

Das wirklich Positive am Gesamtspektakel war aber mit Sicherheit: Die Sanitäter sowie die Feuerwehrleute hatten kaum eingreifen müssen. Der pensionierte Musiklehrer konnte nun endlich beweisen, dass er auch im harmonischen Teil der Musikgeschichte zu Hause war. Dazu genügte diesmal die Posaune als heroische Stimmführerin.

Das Alphorn und die Tuba wurden erst wieder zur Untermalung der anschließenden Siegesfeier nach diesem ziemlich gelungenen Theatererfolg eingesetzt.

Der sichtlich begeisterte Notenwart fand: »Das war eine fantastische Leistung von uns!«

Morgen, Kinder, wird's was geben!

Nicht nur der einfache, simple morgenländische Stadel in Bethlehem mit Krippe, Ochs und Esel, in welchem damals das Jesulein geboren wurde, kam ohne architektonische Planung aus. Selbst bei uns entstehen Baulichkeiten aller Art immer noch ohne Genehmigung, aber in überraschenden Ausführungen als dunkle Schwarzbauten.

Es gibt sogar überall viele eigenartige Gebäudeerrichtungen. Manche hängen lediglich symbolisch mit der Architektur zusammen.

Gewisse Zeitgenossen, wenn nicht fast alle, benötigen nämlich zu ihrem Überleben beispielsweise das Lügengebäude. Und hier kann man getrost sagen: »Der geniale Stararchitekt bin ich selber.« Zumindest eine egoistische persönliche Integrität kann ohne solche Auf- und Umbauten nur schwer existieren. Diese Tatsachen sind weitgehend im Unterbewusstsein verschwunden, begraben. Es sei denn, jeder fasst sich selbst an die eigene Nase und gibt unumwunden zu: »Ohne meine Notlügen wäre ich schon längst unter die Räder gekommen.«

Genauer gesagt: Der Mensch braucht ganz geheime Geheimnisse und geschützte Gebäude und Plätze in seinem Hirnkastl. Völlig gleich ob im Leben als fleißige Ehefrau, zünftiger Bräutigam, strebsamer, lobbyfreundlicher Politiker, pretty Girlie oder junger, aufstrebender, alleinstehender Hoffnungsträger.

Auch die guten Manager – ob im Staatsdienst, in der Autobranche oder als sonstige größere, imposante Verdiener – glauben fest daran, ohne ihre Lügenkräfte nicht auszukommen. Immer ist es wichtig, ein paar hieb- und stichfeste Ausflüchte auf Lager zu haben.

Und hier wiederum ist oft der dominanteste und überlebenswichtigste Teil, der jedem Lügendetektor widerstehen muss, das absolute Vertrauen zur verschwiegenen eigenen Person. Niemand, ausdrücklich niemand, darf auch nur im Entferntesten Verdacht schöpfen. Nicht einmal der Lügner selbst.

Denn wie jeder einigermaßen gebildete Bürger doch weiß, haben Lügen für gewöhnlich kurze Beine. Und die werden auch durch fadenscheinige Ausreden nicht länger. Höchstens durch ganz geschickte, wasserdichte Lügen. Sonst fliegt man sehr schnell auf und in die Ausweglosigkeit des Ertappten. Das ist dann vielleicht manchmal auch der Grund, warum sich aus dem angeborenen christlichen Selbsterhaltungstrieb heraus sozusagen symbolisch die Balken biegen. Denn oft reicht bloßes Flunkern so gut wie kaum mehr aus.

Die echte Wahrheit und Realität wird zwar immer sehr hochgehalten. Jeder spricht gerne davon und hält sie nicht nur hoch, sondern höher, am höchsten.

Das kennt man doch gut genug aus unseren treuen, populistisch-konservativ-herzlichen Kreisen. Doch jeder ahnt auch genau, das geht auf Dauer nicht gut. Selbst wenn manchmal eine echte Wahrheit eingetroffen sein sollte: Ihre Wirkung ist oft verheerender als eine geschickt platzierte Notlüge. Die Wahrheit kann wie ein giftiger Pfeil die schönsten Illusionen und Hoffnungen treffen. Sie schmelzen wie Schnee an der heißen, unheilvoll vernichtenden Sonne.

Wahrheit zerstört hin und wieder jedweden heimlichen Frohsinn. Es lebe die Hinterlistigkeit!

Auch schon deshalb ist der überlebenstüchtige Mitmensch dazu übergegangen, kollektive Ungenauigkeiten, Gerüchte und Lügenmärchen aufzutischen, wo immer es angebracht erscheint. Und gelingt es wieder einmal, die gutmütigen Zeitgenossen elegant hereinzulegen, freuen sich der erfinderische Bürger, der schlaue Parteivorsitzer, die smarte Moderatorin heimlich, aber umso herzlicher.

Das alles ist natürlich weit weniger problematisch, wenn es darum geht, Kindern durch Notlügen Freude zu bereiten. Hier wird auch niemals, ja nicht im Entferntesten, von »Hereinlegen« gesprochen.

Vordergründige Lügen und Erfindungen, die eigentlich schon ab etwa dem vierten Lebensjahr sofort durchschaubar scheinen, überleben hier schon seit langer, geraumer Zeit. Vor allem bei den lieben Kleineren, die auch sonst noch nicht so recht mitgekommen sind. Aber kaum jemand macht sich da schwere Gedanken, wenn bereits das noch recht junge Kind, noch dazu wohlwollend, einer herzlichen Lügenkampagne ausgesetzt wird. Das ist ja doch einzig und allein zu seinem eigenen, glücklichen Prosperieren und Vorteil.

Da winken Geschenke sowohl als auch Zuwendungen aller Art und Unart. Verbrämte Überlieferungen lassen Kinderaugen strahlen. Und die aufgeweckte Göre oder der gescheite Bengel lernen bald auch selbst die Vorzüge von brauchbaren Ausflüchten und fein getarnten Unwahrheiten kennen. Der frohe Ausgewachsene wiederum hat sein Pläsier daran, denn Mitfreude ist die schönste Freude. Der gute Zweck heiligt, flankiert und sanktioniert die Mittel. Wie das eben mit den sogenannten Lebenshilfen und Sakramenten alles so ist.

Auf alle Fälle tut ein schlaues Kind dann so, als ob es nix spannen würde, als ob es nicht längst durchgeblickt hätte. Hauptsache die erstaunlichen, manchmal pompösen, aber auch simplen Wünsche aus seinem Traumgebäude gehen in Erfüllung, seien es ein teures Handy zu Weihnachten oder eine schöne Uhr zur Firmung.

Und der Maxi, der bereits schon das fünfte Lebensjahr weit überschritten hatte, holte da wieder schlau das für ihn Maximale heraus. Er dachte angesichts des diesjährigen Weihnachtsfests: »Die machen mir nix mehr vor. Ich weiß genau, dass der Onkel August bei uns der Nikolaus ist und das Christkindl immer die Mama. Ich hab doch gehört, wie sie zum Papa gesagt hat, er soll jetzt schnellstens meine Playstation besorgen. Gleich am nächsten Tag hab ich dann sofort eine weitere, noch wichtigere Sache über das Christkindl bestellt. Ich brauche nämlich endlich einen guten Freund in meinem Leben. Ein

Meerschweindl. Der Nikolaus kommt ja diesmal leider nicht, weil der Onkel August krank ist. Das habe ich herausbekommen. Die Ausrede glaub ich nicht. Dass nämlich der Nikolaus mit seinem Schlitten im tiefen Wald und im hohen Schnee stecken geblieben ist. Und dass das Zugtier, der Hirsch, sich ein Bein gebrochen hat. Das können die einem anderen erzählen! – Das mit dem Meerschweindl habe ich dem Christkindl sofort besonders stark gesagt. Auf dem Wunschzettel. Den habe ich mit der Mama, dem Christkindl, ganz fest geschrieben. Einen Namen hab ich auch schon. Das Schweindl heißt Hansi. Sie war zwar gar nicht so recht von einem Haustierle begeistert. Aber da habe ich sofort meine Tränen hervorgeholt. Das hilft immer. Jetzt schaut es so aus, als ob das klappt. Da muss man hart sein.«

Wieder naht die beschauliche weihnachtliche Ausnahmesituation unerbittlich und aufs Neue, fast wie eh und je und wie gehabt. Der Heilige Abend trifft pünktlich, schneller als erwartet, wieder ein. Und schon darf der Maxi voller stiller Vorfreude und Erwartung zur Bescherung in das festlich geschmückte Wohnzimmer marschieren.

Die künstlichen Kerzen flackern romantisch. Die bunten Kugeln glänzen. Das Weihnachtsoratorium von Johann Sebastian Bach tönt frohlockend in die feierliche Situation hinein. Alle sind von Herzen glücklich und streiten ganz wenig. Es riecht nach Backwaren aller Art, Braten und Glückseligkeit. Ein überirdischer Hauch liegt in der Luft. Die gesamte vorweihnachtliche Hektik hat sich wieder einmal beruhigt.

Unter der schlank gewachsenen Nordmanntanne wartet schon die Playstation auf den aufgeregten lieben Maxi. Und aller mögliche Krempel, den er gar nicht braucht, steht darum herum. Wie zum Beispiel die Schulmappe für seine bald eintreffende Fortbildung und Domestikation.

Er weiß noch nicht so genau, dass er bald ein wichtiges, brauchbares Mitglied der Menschheit werden darf. Da ist ja der Kindergarten bisher immer noch ein ausgesparter Schonbezirk gewesen. Außer im innovativen Japan. Dort müssen bereits die ganz Kleinen eine Aufnahmeprüfung absolvieren, wenn sie angenommen werden wollen. Ein zielloser Spieldrang wird im Land der aufgehenden Sonne so schnell wie möglich eliminiert. Schließlich sollen sie, die lieben Kleinen, die jungen Japaner, ja umgehend die industrielle Machtposition dieser ehrgeizigen Nation ausbauen. Das deutsche, weniger wertvolle und wertschöpfende Kind ist da vorläufig noch nicht am volkswirtschaftlichen Bruttosozialprodukt beteiligt. Da wird es aber höchste Zeit, sonst sind wir allmählich weg vom Fenster, und die fleißigen Asiaten lachen uns aus vollem Halse nur noch aus.

Vergeblich jedoch suchen Maxis Blicke nach dem neuen Freund, dem heiß ersehnten Meerschweinchen. Traurig verkündet er den erstaunten Eltern: »Das Christkindl mag mich überhaupt nicht mehr. Das braucht überhaupt nie mehr kommen. Das soll in seinem Himmel oben hocken bleiben. Wo ist denn mein Meerschweindlfreund, der Hansi?«

Betreten schauen sich die Eltern an und werfen einander bezeichnende Blicke zu. Sie müssen sofort und besonders umgehend schnell in die Küche, etwas erledigen.

»Ich hab dir gleich gesagt, dass der Bubi keine Ruhe geben wird! Das war doch sein größter Wunsch!« Die Mutter blickt vorwurfsvoll und stumm um den ganzen Küchentisch herum.

Der Vater meint darauf: »Vielleicht haben wir den Bubi doch etwas zu sehr verwöhnt. So ein Haustier bringt bestimmt ganz neue Probleme mit sich. Das ist doch unsauber. Da sind wir ja überhaupt nicht darauf eingestellt. Das muss doch ständig gefüttert werden. Und ausgemistet. Das macht der Bubi bestimmt nicht. Da können wir ja nicht einmal mehr in den Urlaub fahren. Vielleicht beißt es auch. Und in Südamerika verspeisen die Leute diese schmackhafte Tierart sogar. Schenken wir dem Bubi doch lieber ein Handy, ein Smartphone oder ein iPhone oder wie diese Phones alle heißen. Dann kann er auch immer gleich anrufen, wenn was ist. Lass grad einmal was sein! Oder fotografieren, was ihn bewegt.«

Doch die besorgte Mutter findet: »Da ist der doch noch viel zu klein.«

Der Bubi steht im Türrahmen. Er hat gelauscht und verkündet unnachgiebig: »Ein Hansi-Meerschweindl und ein Handy, morgen! Ich bin doch kein Baby mehr. Und das Meerschweindl wird mein bester Freund. Und jeden Tag fotografiert. Und auch nicht aufgefressen als Meerschweindlbraten! Und von mir gefüttert. Jeden Tag. Und den Mist tu ich auch raus. Und wenn, dann beißt es höchstens das Christkindl ganz fest, weil das alles vergisst. Und den Nikolaus auch gleich.«

Die Eltern werden weich und weicher. Der Vater hat zwar anhaltende, schwerwiegende Bedenken. Er ist kein ausgeprägter Tierfreund. Vielleicht weil er in der tristen Großstadt im fünften Stock aufgewachsen ist, wo jedes Haustier von Haus aus recht unpraktisch sein muss. Sozusagen ein unheimlicher Fremdkörper. Aber dann kratzen die Eltern gerade noch rechtzeitig die Kurve, um bei ihrem Bubi nicht in Ungnade zu fallen, zusammen mit dem nachlässigen Christkind. Zum Glück kommt dem Papi der megatollste Einfall überhaupt. Er spricht geheimnisvoll und schlau: »Sobald wir hören, dass der Nikolaus im Wald mit seinem Schlitten wieder flott geworden ist, werden wir ihn fragen, ob er noch was für dich mitbringen kann, weil es das Christkind vergessen hat. Da macht er sicher eine Ausnahme für dich, wenn wir ihn schön bitten, sogar noch nach Weihnachten.«

Der Bubi nickt triumphierend, meint dann zufrieden und gönnerisch: »Warum nicht gleich? Wenn das dumme Christkindl schon alles vergisst!« Dabei blickt er besonders vorwurfsvoll und wissend auf seine liebe Mutti. Und sofort setzt er noch eins drauf: »Der Onkel August wird ja nicht ewig krank sein, oder? Wahrscheinlich hat er sich nur erkältet. Was muss der dumme Onkel auch bei dieser Kälte mit dem Schlitten im Wald rumfahren? Noch dazu, wenn er sich nicht auskennt, in seinem Alter. Und das mit dem Hirsch seinem Bein? Ist das dann auch gleich wieder so schnell geheilt? Oder muss der Onkel August dann seinen Schlitten selber ziehen? Der soll bloß fest aufpassen, dass mein Hansi nicht erfriert und dass er sich nicht noch ein paarmal verirrt.«

Dresdner Christstollen

Das ist jetzt schon wieder viele Jahre her. Die Mauer ist längst Geschichte. Doch vergessen können die beiden Schwestern, die Sigrid und die Helga, ihre aufregende Flucht aus der »Deutschen Demokratischen Republik« bis heute nicht. Es war wenige Wochen vor Weihnachten. Der erste Preis fürs Erwischtwerden bei ihrem wagemutigen Unternehmen wären mit Sicherheit mindestens fünf Jahre im Stasigefängnis Bautzen gewesen. Auch das Erschießen an den Grenzen wurde im Arbeiter- und Bauernstaat fleißig praktiziert.

Nur ungern erinnern die Schwestern sich an die bangen Minuten in ihrem neuen Trabi, der Sigrid auf ihren Antrag hin erst kurz vorher nach jahrelangem Warten zugeteilt worden war. Bis in die Nähe des Grenzübergangs hatten sie schon unbehelligt vordringen können. In den frühen Morgenstunden und in einer stillen Nebenstraße ließen sie die »Pappe« schweren Herzens einfach stehen. Sigrid stellte noch bekümmert fest: »Leider ist er auch noch vollgetankt und dadurch enorm im Wert gestiegen.« Und dann richtig traurig: »Wer weiß schon, wer mit dem guten Vehikel in Zukunft weiterfahren wird?«

Gleich darauf verschwanden sie, vorläufig unbemerkt, in einem grauen, unscheinbaren Mietshaus.

Im Keller wurden sie schon von eifrigen Helfern erwartet. Ein enger, gut getarnter Tunnelschluff, beinahe 50 Meter lang und kaum beleuchtet, nahm sie auf. Menschen mit Klaustrophobie hatten hier bereits öfter Panikattacken durchgemacht.

Die beiden waren die Letzten, die durch diesen Fluchttunnel abhauen konnten. Hinter ihnen ertönten nämlich plötzlich laute Befehle: »Ihr müsst sofort zurückkommen, sonst holen wir euch mit Hunden heraus!«

Glücklicherweise wollte kein einziger Hund in den unheimlichen, ziemlich finsteren Stollen hinein und womöglich durch ihn hindurch in ein unbekanntes Land. Was sollten die Biester auch drüben im Westen, wo sie bei Weitem nicht so dringend gebraucht wurden wie in der DDR? So ein scharfgetrimmter Hund war ja extra dafür gezüchtet und abgerichtet worden, um den stupiden Apparatschiks bei der Jagd nach Abtrünnigen behilflich zu sein. Das Bellen und Beißen konnten die Stasileute nämlich auch nach noch so intensiver Ausbildung leider nicht selbst übernehmen.

Die Geschwister waren inzwischen uneinholbar vorangekrochen. Und so schafften es die Sigrid und die Helga gerade noch, auf die ersehnte Seite ihres zukünftigen Lebens zu wechseln. Sozusagen vom kalten Ostwind in den hoffnungsschwangeren Westwind hinüber. Nicht einmal seine Wäsche durfte man da zum Trocknen aufhängen, wenn er wehte. So ein trauriger Scherz, der hinter vorgehaltener Hand in der DDR schon länger kursierte.

Kaum eingetroffen in der neuen Heimat, wurden sie sofort herzlich und mit Bananen aus dem Supermarkt als Begrüßungsgeschenk empfangen. Der bösartige Kommentar des sogenannten Ostfernsehens: »Da werden sie wie Affen aus dem Urwald in eine ungewisse Zukunft gelockt!«

Auch das Westfernsehen, rechtzeitig informiert, konnte wieder einmal bewegende Bilder in die Welt hinaussenden. Schließlich war das ja zum wiederholten Male eine politische Niederlage für den Arbeiter- und Bauernstaat mit seiner immer lückenhafter werdenden Versorgung. Denn als auch noch die Rasierklingen Mangelware wurden, hatte sogar der Vater der Geschwister heimlich rebelliert. Aber nur in ganz spitzelfreien Kreisen. Er stellte fest: »Jetzt ist es aber so weit. Sollen wir uns vielleicht mit der Sichel rasieren? Die ist doch auch schon total stumpf geworden!« Gemeint war damit das DDR-Symbol, bestehend aus Hammer und Sichel. Und in spöttischem Tonfall fuhr er fort: »Da wüsste ich ein treffenderes Fahnenemblem. Den Honecker als Hammel mit Sichel.«

Dabei waren die Schwestern als staatliche Sängerinnen im System des unfreien Landes sogar privilegiert gewesen. Auf einer kulturellen Veranstaltung des Rundfunkchors Berlin, wo auch ihr Vater als Inspizient tätig war, hatten sie einen amerikanischen Diplomaten aus dem niederen Konsulatsbereich kennengelernt. Der wollte ihnen zur Flucht verhelfen und gab ihnen den entscheidenden Tipp. Zu dieser Zeit standen sie bereits unter permanenter Stasi-Beobachtung. Was sie schon länger geahnt hatten: Ein naher Verwandter aus dem Familienclan, ein Cousin, war als Spitzel auf sie angesetzt worden.

Das Aushorchen bewegte sich zunächst noch in einem eher lustigen Rahmen, auch wenn im Hintergrund bereits große Gefahr lauerte. Auf einer feuchtfröhlichen Feier, die von der »Freien Deutschen Jugend« als Ersatz für Weihnachten veranstaltet wurde, hatte besagter Cousin die Sigrid einmal lauernd gefragt: »Wie denkst du eigentlich über unseren Staat?«

Schlagfertig meinte sie: »Genauso wie du!«

Zweideutig und grinsend zischte er darauf: »Dann muss ich dich verhaften lassen!« War sogar er damals schon skeptisch?

Aber linientreu und korrekt fuhr er dann fort: »Du bist doch ausreichend politisch geschult und aufgeklärt worden über den kapitalistischen, westlichen Klassenfeind, oder?«

Sie darauf schnippisch: »Du ja auch. Könnte es sein, dass die intensive, stupide Schulung zwar kostenlos, aber umsonst war?«

Diesen linientreuen unsicheren Kantonisten aus der Familie hatten sie schon früher stark beleidigt. Er arbeitete als Kapo fleißig im VEB Automobilwerk Zwickau, wo der Trabant, volkstümlich und liebevoll auch Trabi genannt, zusammengebastelt wurde. Es handelte sich sozusagen um den ostdeutschen Volkswagen, wenn auch die Erfolgsgeschichte dieser

Möchtegern-Limousinen schon sehr früh ins Stocken geraten war. Es fehlte hinten sowohl als auch vorne an Rohstoffen und Zulieferteilen. Bis heute wird geflissentlich verheimlicht: Die ersten Prototypen sollen bereits auf der Probefahrt auseinandergefallen sein.

Die Schwestern behaupteten frei nach einem gängigen DDR-Witz, dass außer ihm, dem Cousin, bestimmt nur noch ein einziger weiterer Arbeiter zur Herstellung der Trabi-Vehikel nötig wäre: »Einer falzt die Plasteteile, der andere klebt sie mit Spucke zusammen.«

Von da an konnten sie nicht mehr vor seiner impertinenten Spitzeltätigkeit sicher sein. Der Bursche war, wie man so sagt, als persönlich beleidigte Leberwurst umgehend besonders hellhörig und bösartig geworden. Er beobachtete sie ab sofort penibel rund um die Uhr. Ruhelos und von einem abstrusen Ehrgeiz getrieben, war er nicht nur um seinen Schlaf gebracht, sondern auch ein krankhaft spionierender Stasiagent geworden.

So besonders auch am Tag des plötzlichen Verschwindens seiner Cousinen. Der Fluchttunnel wurde aber erst entdeckt, als der Spitzelmann, knapp zu spät, die Schwestern mit einem starken Bereitschaftskommando sowie scharfen, echten Deutschen Schäferhunden verfolgt hatte.

Nach nervenzerfetzenden Minuten, aber glücklich waren die beiden in der Bundesrepublik angekommen und hatten bei Verwandten im schönen Bayernland Unterschlupf gefunden. Den Advent und das erste Weihnachten im »goldenen Westen« sowie im weiß-blauen Freistaat feierten sie zusammen mit Freunden besonders ausgelassen. Rituale mit einem heiligen Nikolaus, seinem Knecht namens Ruprecht und dem etwas zwielichtigen Freund Krampus kannten sie ja weitgehend nur aus Erzählungen von den wenigen katholischen älteren Leuten in der DDR. Auch der originelle Nordmanntannenchristbaum sowie das legendäre Christuskindlein überraschten die religionslos aufgewachsenen Flüchtlinge. Solche für sie exotische Gebräuche und Kostümierungen versetzten sie in Erstaunen. Unter dem festlich bunt geschmückten Tannenbaum erzählten sie gelöst von ihrer im letzten Augenblick noch gelungenen Flucht, aber auch vom entarteten, verbohrten Stasicousin und von der sogenannten »Freien Deutschen Jugend«, in der sie von Kindesbeinen an Mitglied gewesen waren.

Doch so ganz problemlos kann man die Kinder- und Jugendzeit sowie auch seine Heimatgefühle nicht verdrängen. Einen besonderen Blumentopf aus Meißener Porzellan hatten sie nämlich noch am Tag vor der Flucht im Bereich des Dresdener Zwingers mit echter Heimaterde gefüllt und zusammen mit einer geklauten Tulpenzwiebel aus dem botanischen Garten in Berlin mit in die neue Heimat gebracht. Der stand nun als nostalgisches Symbol unter dem Christbaum und verbreitete etwas Wehmut, auch wenn die Tulpe nach so kurzer Zeit trotz fleißigen Gießens noch nicht erschienen war.

Genauso intensiv erinnerte auch der Dresdner Christstollen, den schon früher geflüchtete Freunde mitgebracht hatten, an ihre zurückgelassene Heimat.

Getreu nach alten Rezepten ihrer christlich-braven Großmutter hatten sie ihn selber gebacken. Diese Freunde waren unter höchster Lebensgefahr über den eiskalten Grenzfluss zwischen Thüringen und Hessen geflohen. Selbst als sie über die Mitte, wo die Grenze verlief, bereits hinausgekommen waren, wurden sie von eifrigen Grenzsoldaten noch, glücklicherweise vergeblich, beschossen.

Aber nun wurde erst einmal richtig gefeiert, die glückliche Flucht besprochen und eine Freiheit genossen, die man sich als grenzenlos vorstellte. Die westdeutschen Freunde dämpften die Euphorie etwas, indem sie warnten: »Auch bei uns ist nicht alles Gold, was glänzt. Auch wenn die Unterdrückung in der DDR in den letzten Jahrzehnten ziemlich beispiellos sein dürfte. Doch auch hier in Bayern passierte es erst vor Kurzem, dass unsere Schwarzen eine unliebsame Fernsehsendung einfach aus dem Programm warfen. Wenn dann kritische Stimmen laut werden, heißt es immer sofort dümmlich: ›Gehts doch 'nüber in die DDR!‹ Es sind aber nicht sehr viele, die diesem einfältigen Rat Folge leisten wollen. Kein vernünftiger Mensch will doch vom Regen in die Traufe hinübermarschieren.«

Im Laufe der Jahre integrierten sich dann die geflohenen Ostdeutschen besser als erwartet. Die Sigrid und die Helga bewarben sich erfolgreich im Chor des Bayerischen Rundfunks. Und dann überstürzten sich die freudigen Ereignisse, vor allem im anderen Teil von Deutschland. Plötzlicher als je erwartet und völlig unvorhersehbar nahte der Fall der Mauer. Selbst das Ministerium für Gesamtdeutsche Beziehungen und der nicht gerade helle Nachrichtendienst bekamen sozusagen vor Erstaunen eine Maulsperre. Nach und nach gingen drüben die Lichter aus. So kam es unausweichlich dazu, dass der erste Mann im Staat, nun aber der letzte, namens Erich Honecker, das schwache kommunistische Licht löschen musste. Er emigrierte nach seinem Prozessende angekränkelt zu den Chilenen hinüber und zu seinen wenigen verbliebenen Freunden. Zumindest das pseudosozialistische Feuer schwelt seitdem nur noch mühsam vor sich hin.

Schon am Weihnachtsfeiertag 1989 konnte der berühmte Komponist und Dirigent Leonard Bernstein zusammen mit dem Orchester und Chor des Bayerischen Rundfunks im Ostberliner Schauspielhaus Beethovens Ode an die Freude zelebrieren. Mit reichlich Tränen in den Augen wurde diese historische Feier ausgiebig begangen und gleichzeitig mit dem unbändigen Gefühl, wieder einmal ein unfreies Staatssystem überwunden zu haben. Und das nicht nur mit Bananen aus dem Supermarkt. Eigens dafür hatte der eloquente amerikanische Komponist und Dirigent sogar den überlieferten klassischen Schillertext verändert. An die Stelle der »Ode an die Freude«, vormals vom Dichterfürsten Friedrich persönlich gedichtet, war die »Ode an die Freiheit« getreten. Und was die Sigrid und die Helga in ihrem Leben nie auch nur im Traum gedacht hätten: Die beiden Sängerinnen durften mit dabei sein beim großen Event und im neuen Chor. Sie kamen nach den Jahren der Trennung zurück in ihre von deprimierender Willkür befreite Heimat.

Auch ihr Fluchtfahrzeug, den Trabi, erhielten sie nach längeren Antragsprozeduren und Zeugenaussagen wieder zurück. Er war nach ihrer Flucht dem Cousin, dem Spitzel, zugeteilt worden. Diesen Judaslohn erhielt er, weil er, konform und staatstreu wie er lebte, übereifrig auch noch andere »Abtrünnige« verpfiffen hatte.

Nach Jahr und Tag trafen ihn die beiden Schwestern, zufällig, in Dresden in einem Café wieder. Er war bereits seit einiger Zeit an leitender Stelle tätig, und zwar diesmal gleich im Staatsdienst. Seine Stasiakte wurde nie gefunden. Möglicherweise hatte er Gelegenheit, sie vorsichtshalber noch schnell und rechtzeitig vor der überraschenden Wende zu schreddern oder schreddern zu lassen.

Den Schwestern gegenüber gab er sich als armes und verführtes Opfer des Systems aus. Wie befreundete Zeitzeugen berichteten, war er im letzten Moment auch noch mit den ehrlichen, aufmüpfigen Montagsdemonstranten gegen die DDR mitmarschiert und hatte laut verkündet: »Wir sind das Volk«.

Dieses Motto aus der französischen Revolution konnte er eifrig und zielführend beibehalten. Denn neuerdings marschiert er wieder forsch und selbstbewusst mit. Und zwar im schönen Dresden bei den einfach gestrickten, rechtslastigen Pegida-Demonstranten.

Verführerische Pomeranzen

Ist Alkoholkonsum generell eine drogenhafte Problematik? Stellt wirklich jede Schnapsfabrik und jede Brauerei ein Dealerkartell dar? Und sogar der Winzer: auch so einer? Als junger Mensch sieht man vieles zunächst recht locker. Auch den Alkohol. Noch dazu wenn es schon stark weihnachtet wie damals im Advent. Da nimmt die Verkostung von Starkbier, Riesling, Branntwein oder Likör kaum ab. Im Gegenteil. Durch die entstehende Abkühlung zum Jahresende hin fließt zusätzlich Glühwein in Strömen.

Nicht dass es in dieser Geschichte um eine Suchtproblematik ginge. Einmal des Guten zu viel, das kann sogar eine bleibende Vorsicht hinterlassen. Aus leichteren Schäden wird man ab und zu auch klug. Zumindest größere Ausfälle durch alkoholische Beeinträchtigung haben mich später nur noch ganz selten ereilt.

Aber zunächst einmal kam es, wie es kommen musste. Noch dazu weil sich vordergründig eine

Glückssträhne einfand. Es ist eine längere Geschichte, und sie beginnt, wenn man sie nicht auf der anderen Seite eröffnet, am vorderen Anfang.

Als Volksschulabgänger wurden wir zu jener Zeit zunächst zu einem eigens dafür, wahrscheinlich sogar staatlich hervorragend geschulten Berufsberater geschickt. Seine Kenntnisse und Ratschläge schienen wirklich enorm zu sein. Solche kompetenten, geniemäßigen Fachleute gibt es heute leider nicht mehr viele. Wenn, dann möglicherweise nur noch in diversen geschlossenen Anstalten. Einen Klassenkameraden namens Schäfer wollte er unbedingt in die Lüneburger Heide schicken. Und es ist gar nicht so schwer zu erraten, welchen Berufszweig der gute Mann für diesen Burschen ausgewählt hatte: »Du bist ja bereits ein Schäfer.«

So leicht war es offensichtlich früher, ein seriöser Berufsberater zu sein. Da fehlte nur noch, dass er ernsthaft gesagt hätte: »Die Heidschnucken warten schon sehnlichst auf dich! Sage mir deinen Namen, und ich sage dir, was du bist!« Einen weiteren Schulkameraden namens Schreiner überredete er tatsächlich zu diesem Beruf. Doch der brach die Lehre vorzeitig ab. Später traf ich ihn anlässlich eines klassischen Konzertes in der Kirche. Er gab als zuständiger Pfarrer die Einführung in das berühmte Weihnachts-Oratorium von Johann Sebastian Bach. Eine solche Laufbahn, noch dazu über einen völlig anderen Bildungsweg, war als Berufsbild von unserem Fachmann überhaupt nicht vorgesehen. Obwohl der kuriose Berater früher selber einmal ein verkrachter Theologiestudent gewesen sein soll, war offensichtlich alles Christliche aus ihm entfleucht. Ein Mitschüler mit dem unverfänglichen Namen Decker war gleichfalls mit seiner Beratungstätigkeit schlecht weggekommen. Als Dachdeckerlehrling erlitt er zwar nur einen glimpflichen Unfall, als er von einem Garagendach herabstürzte. Aber dabei wurde endlich festgestellt, dass er nicht schwindelfrei war.

Viele Schulabgänger vermittelte der Mann des Beruferatens in das Ruhrgebiet. Damals wurde im tiefen Untergrund noch fleißig Kohle gefördert, und man verlangte nach zähen jungen Leuten, die dann unter Tage schuften und schürfen durften. Später erfuhr ich, dass er für jeden angeworbenen Kohlelehrbuben ein nettes Sümmchen erhalten hatte. Es wurden im Handumdrehen sogenannte Bergleute, Kumpel, auch als Hauer bezeichnet, daraus. Mit ihren ständig geschwärzten Gesichtern wirkten sie wie nahe Verwandte von Kaminkehrern. Als sich ihre Arbeitslosigkeit immer stärker ausbreitete, zeigte sich unser kompetenter Berufsberater nicht mehr zuständig.

Er war aber vorher wirklich ein Allrounder. Immer wenn es um entferntere Vermittlungen ging, hatte er die passenden Angebote zur Hand. So manchen jugendlichen, optimistischen Menschen schickte er doch tatsächlich in die Wüste. Eine dubiose Ölbohrfirma zahlte gut für die Vermittlungen, bevor sie aus umweltzerstörerischen Gründen durch Strafzahlungen pleite gegangen war. Fürchtete der Berufedealer da nicht die Rache der später Zurückkommenden? Nein, denn er wanderte rechtzeitig sehr weit aus, nämlich nach Australien. Dort soll er sich missionarisch und weihnachtlich bei 40 Grad Hitze für den heiligen Nikolaus als Berufsbild eingesetzt haben. Leider konnte er die sturen Australier nie so recht davon überzeugen.

Zum Glück bin aber nicht nur ich von seiner gut dotierten geplanten Kohlenschippe gesprungen. Vor allem mein berufsneutraler Name gab ihm Rätsel auf, nachdem ich das Ruhrgebiet mühsam, aber entschieden abgelehnt hatte. Er konnte mich in keinen gängigen Berufszweig einordnen. Dabei wurde er sogar richtig wütend. Selbst nach der dritten Sitzung schickte er mich ergebnislos und hilflos in die damals raue Welt der Jagd nach Lehrstellen hinein.

Zufällig ergatterte ich dann, glücklicherweise ohne sein problematisches Zutun, einen besonders gesuchten Beruf: Schriftsetzer. Das war zu dieser Zeit neben dem Dekorateur, der heute ebenso ausgestorben zu sein scheint, der beliebteste Beruf überhaupt. Ich durfte mich fortan damit beschäftigen, bleierne Lettern so anzuordnen, dass sich, wenn man die Sache druckte, ein schönes und ausgewogenes Schriftbild ergab.

Auch wenn die Druckerei, die mich aufnahm, eine sogenannte »Klitsche« war, danke ich dem Zufall bis heute ganz herzlich, dass ich in dieses begehrte Berufsbild eindringen durfte. Mit einem rechtslastigen, betagteren Lehrherren, der noch immer das Kreuz mit den Haken dem christlichen und dem roten vorzog, verbrachte ich so ziemlich drei Jahre. Ich setzte und druckte in dem jämmerlichen Laden mehr oder weniger zu seiner Zufriedenheit. Eher weniger, bis – ja, bis mich ein Ereignis für einige Zeit gleichzeitig setzbar und unersetzbar werden ließ. Es ging dadurch in meiner Hierarchie vorübergehend steil aufwärts.

Bereits nach dem ersten Jahr hatte nämlich glücklicherweise der gute Meister ein paar Monate aussetzen müssen. Er wurde von seiner eigenen Frau krankenhausreif geprügelt, weil sie seine Besserwisserei und seine rückwärtsgewandte Sicht der Dinge nicht mehr durchgehen lassen wollte. Nun konnte ich in der Druckerei als freier Mann schalten und walten, wie es mir beliebte. Locker hielt ich den gesamten Betrieb am Laufen. Ich suchte mir nur die Druckaufträge aus, die ich als wichtig empfand. Vielleicht auch deshalb, weil meine Fachkenntnisse doch noch nicht so überwältigend herangereift waren. So zum Beispiel stufte ich das Eindrucken auf angelieferte Etiketten als vordringlich ein. Es handelte sich um Flaschenaufkleber für feine, wohlklingende, exotische Spirituosenerzeugnisse wie Liköre, Branntweine und überhaupt interessante starke Getränke.

Aus dem begrenzten Schriftenvorrat hatte ich meiner Ansicht nach die tollste Mischung dafür gefunden. Teilweise verschnörkelt und verschlungen wie der Weg zur angenehmen Seite des Alkoholgenusses prangten die ausgesuchten Lettern inmitten von Weinranken und Reben oder exotischen Früchten. Ich fühlte mich als der große Graf, der versierte, künstlerische Typograf, der ich einmal, wenn auch viel später, tatsächlich werden sollte.

Nach vollbrachter Arbeit war auch die pünktliche Ablieferung der Bestellung durch mich als momentan alleinigen Repräsentanten und Abgesandten der

Firma selbstverständlich. Und so landete ich per Fahrrad während der traulichen Adventstage als Selbstbeauftragter und Herrscher des Ein-Mann-Druckkonzerns beim Auftraggeber. Ich kam gerade rechtzeitig, um im Verkaufsraum des Schnapsladens freundlich sowie mit einem wunderbaren Curaçaolikör empfangen zu werden. Es roch fein nach alkoholschwangeren Ingredienzien, aromatischen Düften und echtem Bienenwachs, was auf die brennenden weihnachtlichen Kerzen zurückzuführen war. Sie steckten auf einer exotischen Tannenart, der Baum war mit großen, vergoldeten Zapfen und kleinen Likörfläschchen dekoriert. Dieses Ambiente, das aus geschäftlichen Gründen bereits im Advent hergestellt worden war, steigerte meine vorfestliche Hochstimmung noch höher. Auch sonst hatte man hier schon viel getan, um mich, aber auch sämtliche Kunden rechtzeitig auf die festlichen Tage einzustimmen. Ich war sozusagen völlig überwältigt, während sich das köstliche Getränk wohlig in mir ausbreitete.

Genießerisch schlürfte ich dieses feine Gebräu, und wie im Paradies der Genüsse führte mich eine sympathische, hübsche Fachfrau jüngerer Bauart in die Geheimnisse und die Herstellung dieses wohlmundenden Likörs ein. Nach dem zweiten Stamperl lernte ich ausführlich den Geschmack von Pomeranzen aus Curaçao, der namengebenden Insel vor Venezuela, kennen. Es handle sich dabei um verwilderte Bitterorangen, die nur auf diesem Eiland vorkämen. »Wenigstens etwas Vernünftiges, das die aggressiven Spanier-Konquistadoren dort zurückgelassen haben«, erklärte die Traumfrau.

Beim dritten Stamperl erläuterte mir die immer besser aussehende junge Dame, dass dieser Likör mit seinem Alkoholgehalt zu den stärkeren solcher Spirituosenarten zählt. Sie schilderte mir auch richtig farbig und bildhaft ihre Pomeranzen-Einkaufsreisen zu dieser tropischen Insel. »Dadurch ist unser Curaçao einer der wenigen, die nach Originalrezepten hergestellt werden.«

Das erklärte sie mir stolz und mit einer tiefen Stimme, die vor Erotik fast vibrierte.

Ich wurde immer mehr verzaubert. Beim vierten Stamperl prostete sie mir lachend zu, und ich versuchte, nicht mehr ganz sprachfest, ihr ein besonderes Kompliment zu kredenzen: »Sie sind die tollste Pomeranze, die mir jemals begegnet ist!«

Darauf kicherte sie noch aufreizender und schlug, sexy ziemlich begabt, ihre schlanken Beine übereinander. Das geschah abwechselnd hin und her, mit beiden aufreizenden Extremitäten. Umgehend wurde ich zu meinem eigenen Erstaunen ziemlich kühn: »Wenn Sie wieder da hinüberbrausen, nehme ich mir Sonderurlaub, oder mein Lehrmeister bekommt wieder von seiner Frau eins übergebraten, und schon bin ich dabei. Was sagen sie dazu?«

Zu meiner Freude lehnte sie erstaunlicherweise überhaupt nicht ab, meinte aber bestimmt und ganz richtig: »Unsere Flaschenetiketten müssen doch auch bedruckt werden, wenn ich unterwegs bin. Da sind Sie doch unabkömmlich, nehme ich an!« Und freilich hatte sie damit vollkommen recht. Sofort wurde ich mir meiner Stellung als einziger Verantwortlicher unserer Druckfirma wieder stolz bewusst.

Weil ich aber ziemlich intensiv nach der Curaçaoflasche schielte, entschied sie weise: »Jetzt müssen Sie aber noch was Leichteres probieren. Unser Eierlikör ist eine echte Spezialität.« Und das stimmte gewaltig. Schon nach dem zweiten Doppelten konnte ich nur noch begeistert bestätigen: »Enorm, fein, umwerfend!« Das sollte sich dann nicht viel später auch stark bewahrheiten. Eine intensivere Belobigung brachte ich nicht mehr zustande.

Nach dieser kurz gefassten, aber wohldurchdachten Danksagung blickte sie mich mit großen, leuchtenden Augen verführerisch an. So jedenfalls empfand ich es, angenehm durchströmt von den feinen Likören.

In diesem einmaligen, unvergesslichen Augenblick wurde sie leider brutal an das Telefon gerufen. Das sah ich, wenn auch schweren Herzens, ein, war sie doch die einzige, wichtige, toll aussehende Tochter des Firmenchefs. Und sie musste dabei in ihrer Firma bestimmt und sicher fast so unabkömmlich wie meine Person im Druckerfach sein.

Ich nahm zunächst Platz in einem riesigen Polsterungetüm von Stuhl. In so einem Gerät verschwindet man beinahe ganz und gar. Da muss ich trotz meiner Aufregung versehentlich etwas eingeschlafen sein. Wie lange, weiß ich heute selbst nicht mehr so genau. Es dämmerte draußen bereits, wie das im Dezember schon nachmittags stattfinden kann, und ich wollte mich nur äußerst ungern aus meinem bequemen Riesenpolsterding erheben. Die liebliche, immer hübscher werdende, wohlgeformte Dame geleitete mich dann unnachgiebig und nach gutem Zureden – »Du kannst hier leider nicht übernachten« – fürsorglich direkt bis zu meinem Fahrrad.

Ich biss die Zähne zusammen und stieg vorsichtig auf, ohne gleich wieder umzufallen. Sie winkte mir lachend und huldvoll nach. Mühsam verschwand ich mit etwas Schlagseite um die nächste Hausecke. Dann war sense. Nicht nur weil eine unangenehme Eisesglätte unverhofft eingetreten war. Nachdem ich mich einigermaßen unbeschädigt wieder ganz gut aufgerappelt hatte, schob ich den Drahtesel – oder er mich – zurück in die Druckerei. Da wusste ich in meinem leichten Delirium schon im Voraus: »Es geht bestimmt wieder zu neuen, aufregenden Taten und Abenteuern weiter. Hoffentlich verbleibt der lädierte Chef noch einige Zeit im Krankenhaus.« Und so kam es auch interessanterweise schneller, als ich dachte.

Wie ich fast schadlos zurückgekommen bin, weiß ich heute auch nicht mehr. Ich versperrte die Tür von innen, zog den Vorhang am einzigen Fenster zu und schlief selig auf dem Schreibtisch ein. In Erinnerung bleiben tolle Träume, über die man sich niemals laut aussprechen würde. Dass ein wichtiger Kunde ganz und gar unwirsch persönlich seinen liegen gebliebenen Druckauftrag reklamieren wollte, erfuhr ich erst durch einen Nachbarn am übernächsten Tag. Woher wusste der gute Mann und Kunde, dass die Offizin von mir besetzt war? Hatte mich mein Schnarchen verraten? Jedenfalls nützte ihm sein rigoroses Rütteln und Pochen überhaupt nix.

Im Morgengrauen machte ich mich auf den Heimweg, immer noch erfüllt vom Geist duftender, verwilderter Pomeranzen. Als ich bereits am nächsten, späteren Vormittag schon wieder meine Arbeitsstätte heimgesucht hatte, stellte mich der aufdringliche Kunde umgehend und ziemlich barsch zur Rede. Persönlich und wuchtig-überzeugend, was er durch seine fast zwei Meter und ungefähr zweieinhalb Zentner locker erreichte, schimpfte er auf mich ein. Und so versprach ich ihm hoch und heilig die Bevorzugung seines seit drei Wochen liegen gebliebenen Druckauftrages.

Ich hielt Wort, und weil er im Grunde eine Seele von einem gemütlichen Auftraggeber und noch dazu Alkoholiker war, endete die Ablieferung nach der längeren, ereignisreichen Zeit herzlich einvernehmlich sowie – man glaubt es nicht – mit einem doppelten Stamperl Curaçao. Er stellte sich als einer der besten Kunden unserer Schnapsfirma heraus. So etwas verbindet. Noch dazu weil auch er zugab, genau wie ich der einmaligen Pomeranze total verfallen zu sein. Vielleicht mit dem kleinen Unterschied, dass mich König Alkohol nur ganz kurz und vorübergehend in seine Fänge bekam.

Von weit oben gerade noch heruntergekommen

Um die Weihnachtszeit wird für Skitourenwanderer, zumindest im Hochgebirge, alles ruhiger. Es dämmert zwar früh am Nachmittag, und der Morgen lässt sich Zeit mit seiner Erleuchtung. Da muss man schon seine Aktivitäten gut planen, wenn sie nicht in einem Debakel enden sollen.

Sonst heißt es dann in der Zeitung: »Verschwunden in der Gletscherspalte« oder »Drama auf Dreitausender« oder »Von Dunkelheit und Kälte in eisigen Höhen überrascht«.

Da sind aber ausschließlich nur die Reporter froh, dass sie wieder eine tolle Meldung verbreiten können. Auch wenn es nicht ganz für den Pulitzerpreis reicht.

Trotzdem legten wir blauäugig, wie man in jüngeren Jahren so ist, umgehend los. Frau und Kind erlebten die frohen Tage im Advent sowieso am liebsten zu Hause und in weihnachtlicher Vorfreude. Hilfe, Beistand und Anteilnahme wurden uns aber vorsorglich mit auf den Weg gegeben: »Nicht leichtsinnig sein und gut zurückkommen!«

Das versprachen wir auch hoch und heilig sowie überzeugt von unserer Unverwundbarkeit. Am wichtigsten für gewagte Unternehmungen schien damals unbewusst die mentale Einstellung zu sein: »Was kostet denn die Welt schon?« Alles, was uns wichtig erschien, nahmen wir mit. Tourenskier, Steigfelle, Stöcke, einen Rucksack voller Abenteuerlust und ein paar winterlich wichtige Zutaten wie Handschuhe und Schutz für die Ohrwascheln. Vor Erfrierungen, auch wenn sie nur leichten Grades waren, hatte mancher von uns aufgrund unguter Erfahrungen großen Respekt. An einer ganz passablen Kondition mangelte es damals weder mir noch den Freunden Franze, Xare, Wolfe und Schorsche.

Die Nacht war noch in vollem Gange. Verhaltenes Schnarchen gab die Begleitmusik zum Singen der Reifen auf der Bahn für die Autos. Die wettermäßige Voraussage konnte kaum besser sein, wobei lediglich örtliche Störungen laut Fachmann nicht auszuschließen waren. Wo sich allerdings diese Orte der Störungen befinden sollten, wussten die guten Meteorologen auch nicht so genau. Bei dieser Aussage konnte sie, zumindest vorläufig, kein Mensch als Meteorolügner bezichtigen. Und auch die Schneelage weiter oben ließ nichts zu wünschen übrig. Der Lawinenbericht passte hervorragend. Also hätte nur ein ganz seltener, böser Zufall eventuell ein Schneebrett auslösen können. So dachten wir.

Freund Schorsche, ein Mann, der immer gut für einen spaßigen Einfall ist, nervte uns zwischendurch mit seiner Hiobsbotschaft: »Jetzt haben wir glatt das Wichtigste vergessen!«

Die Schnarcher hielten die Luft an. »Was ist los?«

Antwort: »Wir sollen das Wichtigste vergessen haben!«

Betretenes Schweigen. Dann, total deprimiert: »Ja, was denn?«

Nach nervenaufreibenden Sekunden rückte er damit grinsend heraus: »Den Lawinenhund!«

Da schnarcht man schnell wieder beruhigt weiter. Auch wenn natürlich so ein Tier im Falle eines Falles beste Dienste leisten kann.

Glücklicherweise hielt sich unser bewährter Fahrer wach und ließ sich nicht von den unmelodischen, tiefen Tönen anstecken. Kaugummi kauend, nur hin und wieder gähnend und mit dröhnender Popmusik schaffte er das locker.

Später bogen wir in Richtung Zillertal hinein. Mayrhofen, unser Ziel am Ziller, tauchte auf. Dieses Jahr war dort offensichtlich nicht alles ausgebucht, und verkehrsmäßig blieb die Frequentierung bis zur Endstation im Normalbereich. Viele Urlauber hatten anscheinend schon früher ihre Ziele, Pensionen und Hotels erreicht. Oder sie waren einfach zu Hause geblieben.

Mit der Aufstiegshilfe Gletscherbahn ging es nach oben in den blauen Himmel. Dann arbeiteten wir uns per pedes sowie den mit Fellen bewehrten Skiern durch frischen Pulverschnee, vorbei am Spannaglhaus, auf den Hohen Riffler mit seinen 3231 Metern hinauf. Die Gefrorene Wand starrte abweisend, felsbewehrt und eisig in die Tiefe. Wir ließen sie starren. Frühe Pistenfahrer glitten wie Ameisen auf Skiern unter uns durch die weiß-blaue Welt.

Kurze Rast, kurzes Innehalten, abschnallen. Tief und befreit durchatmen. Die leider oft überhaupt nicht mehr so beschauliche Weihnachtszeit ausblenden. Diese verfolgt einen ja immer früher, sogar bevor der Winter richtig erscheint, mit Schokonikoläusen und Kitschklimbim. Überfüllte Weihnachtsmärkte, auf denen man das dämliche Herumstehen nur mithilfe von reichlich Glühwein, Fäustlingen und Pelzstiefeln gut überleben kann, sortierten wir problemlos aus unseren Gedanken. Und überließen sie den gestressten Einkäufern für späte, dringende Geschenke.

Für uns begann dann das große Abenteuer. Hinab zu den Gletscheraugen des Federbettkees zogen sich unsere exakt gedrechselten Spuren durch den flaumigen Neuschnee. Der aufkommende föhnige Bergwind hatte die gefrorenen kleinen Gletscherseen blank geputzt, sodass sie uns tiefblau beäugten. Unser Spaßvogel meinte: »Warum glotzen die so neugierig herauf? Haben die noch nie so glorreiche Gipfelbezwinger und Tiefschneefahrer gesehen?«

Um uns die blendend weißen Spitzen und Grate, mit uns die unberührte Natur und eine den ganzen Körper fordernde, belebende Bewegung steil aufwärts.

Die Sonne hatte für diesen Dezembertag überraschend etwas Wärme ausgepackt, sodass wir ins Schwitzen kamen. Auch die leichte, passende Föhnstimmung wollte uns mit Temperaturen knapp über dem Gefrierpunkt entgegenkommen. In der Welt über und unter den Zwei- und Dreitausendern waren nur noch Einsamkeit, Gegenwart und das

Gefühl: Wir sind die Bergschneekönige von Hintertux. Solche außergewöhnlichen Momente vergisst man nicht, wie schnell und zahlreich auch die Jahre später vergangen sind.

»Bergkameraden sind wir!«, heißt es in einem etwas einfach gestrickten, aber gut passenden Song. Wenn auch einfältig, trifft das doch die Sache im Kern. Im Laufe des Lebens kommen und gehen die Freunde. Das geschieht. Manche verschwinden für immer irgendwo in der Welt. Hin und wieder sind sie auch das letzte Mal aufwärts in sonnige, verschneite oder nebelverhangene Höhen aufgestiegen. Das geschieht. Damals waren wir aber bestimmt die unbekümmerten Bergschneekönige von Hintertux. Optimismus pur befand sich an unserer Seite.

Doch die Euphorie sollte sich bald in eine etwas bedrückende Nachdenklichkeit verwandeln. Unvermittelt zogen nämlich steil und bedrohlich zunächst weiße, dann dunklere Wolken über den nächsten Kamm.

So ist das eben im Hochgebirge. Ein Wetterumschwung kann nie ausgeschlossen werden. Die örtlichen Störungen waren ausgerechnet hier über dem Zillertal eingetroffen. Wir hatten sie überhaupt nicht einkalkuliert. Die Bergschneekönige von Hintertux wurden stiller.

Allmählich kam Nebel auf. Für uns gab es kein Zurück mehr. Wir waren ja mittendrin und weit oben im Gewirr, im Auf und Ab der Gipfel. Nur noch vorwärts, hieß die Parole. Noch dazu befand sich nur einer unter uns, der den langen Weg über die verschneiten Kämme ungefähr kannte. Und das auch nur bei bestem Wetter im Frühjahr. Vor längerer Zeit hatte er die anspruchsvolle Tour unter kundiger Alpenvereinsführung absolviert. Er konnte uns nur noch kleinlaut und vorsichtig eine Richtungsanzeige andeuten. Irgendwo voraus sollte die rettende Schlucht in Richtung Lanersbach hinunterführen. Sogar ein kurzer Felsabbruch musste da, so kündigte er an, noch überwunden werden.

Das wirkte ganz und gar nicht besonders aufmunternd. Unser Optimismus verschob sich ganz leicht in eine eher skeptische Richtung, auch wenn er keinesfalls umzubringen war.

Viele Stunden waren bereits vergangen, und die Sicht verschlechterte sich zusehends. Scharfer Wind und leichtes Schneetreiben kamen auf. Nach und nach führte zwar immer wieder eine einigermaßen befahrbare Schlucht hinunter in das gewünschte Tal. Aber welche war die richtige? Und endete unser Abenteuer nicht vielleicht plötzlich an einem steilen, unüberwindlichen Felsabbruch?

Manchmal riss der Nebel auf. Weit unter uns blickte drohend die Bergwaldgrenze blau und bleischwer herauf. Irgendwann im Auf und Ab verloren wir dann erst die sichere Richtung und allmählich auch die Nerven. Nach kurzer, etwas panischer Beratung beschlossen wir: »Die nächste Schlucht, die einigermaßen befahrbar scheint, soll es sein. Nichts wie hinunter, bevor wir zwar sensationell, aber erfroren und betrauert morgen in der Zeitung stehen!«

Diese nächste Schlucht sah dann von oben recht passabel aus. Wir wagten uns, wenn auch mit mulmigen Gefühlen, hinein und steil hinab. Zunächst ging alles einigermaßen glatt voran. Pulverschneemäßig. Unser Spaßvogel frohlockte schon: »Da Kas is bissn! Alles paletti!«

Doch gleich einer negativen Antwort darauf wurde es eng und enger. Wenigstens hatte sich die Sicht weiter unten etwas verbessert. Aber abschüssig und feindlich öffnete sich plötzlich ein enges Felstor, durch das wir abfahren mussten. Das Zurück war längst aus jeder Überlegung verschwunden. Unser bester Skifahrer, der Xare, machte sich bereit.

Doch gerade als er losfahren wollte, kippte ausgerechnet er zwar nicht aus den Latschen, aber aus unersichtlichen Gründen einfach um. Der linke Ski löste sich durch den Druck, und los sauste der schockierte Mann, mit dem verbliebenen Ski so tapfer als möglich agierend. Unser Spaßvogel, der Schorsche, stand glücklicherweise dicht bei ihm und konnte wenigstens den verlorenen Ski gerade noch mit dem Stock an der Bindung erwischen. Ein passender Joke blieb ihm offensichtlich im Halse stecken.

Doch nun begann sozusagen der Höllenritt des Freundes. Erst manövrierte er routiniert, jedoch immer schneller, auf einem Ski. Plötzlich konnte er sich nicht mehr aufrecht halten. Und schon sauste er im Liegen auf die nahe beieinander stehenden Türme zu. Das Felstor nahte schnell und unerbittlich. Wir hielten den Atem an und jammerten lautstark hinterher: »Brems! Brems! Brems!«

Das tat er auch aus voller Kraft mit dem verbliebenen, quer gestellten Brettl. Wie durch ein Wunder glitt er offensichtlich ohne anzuecken ganz knapp durch das Nadelöhr. Dann blieb er verschwunden.

Zunächst waren wir mehr oder weniger gelähmt. Wie sah es da unten aus? War er um die Ecke gebrettert und wartete auf uns? Oder gähnte gleich hinter dem Felstor ein Abgrund?

Tapfer schulterte unser zweitbester Skifahrer, der Franze, den zurückgebliebenen Ski und kreuzte vorsichtig hinunter. Wir folgten zwar zaghaft, aber glücklicherweise alle erfolgreich.

Hinter den Felsen sah die Welt dann vielversprechender aus. Kein Abgrund starrte uns entgegen. Der Freund hatte sich aufgerappelt, schüttelte sich wie ein begossener Lawinenhund und empfing froh seinen zweiten Ski. Ein überraschendes, verdächtiges Rauschen veranlasste uns, so schnell und so weit als nur möglich zur Seite zu wechseln. Es war ein kleineres Schneebrett, das durch das Felsentor herabkam und an uns vorbeizischte. Groß genug, um uns womöglich ernsthaften Schaden zuzufügen, wäre es allemal gewesen.

Der Schorsche: »Da pfeift dir der Straps!«

Die Sicht hatte sich verbessert, der Nebel zog nach oben. Der Himmel bekam kleine blaue Löcher. Weite, steile, tief verschneite Hänge nahmen uns auf. Sogar die Sonne lugte zu unserer Erleichterung und Freude hinter den schwindenden Wolken wieder hervor. Leider wechselte der »gführige« Pulverschnee dann in krachenden, bösartigen Bruchharsch. Da hat selbst der beste Skifahrer keine rechte Freude mehr. In zeitraubenden Spitzkehren und Sprüngen mühten wir uns abwärts. Aber es ging voran, wenn auch hin und wieder purzelnd. Für die Jahreszeit recht ungewöhnlich, pflügte man weiter unten mühsam durch nassen Frühjahrsschnee. Es wurde höchste Zeit für eine Verschnaufpause. Ziemlich gestresst, marode und ausgepumpt, aber auch erleichtert, genossen wir noch die letzten Sonnenstrahlen, bevor die orangefarbene, riesige Scheibe im nächsten Taleinschnitt verschwunden war.

Wir wussten natürlich, wie schnell es im Dezember dunkel wird. Es begab sich ja nicht das erste Mal, dass uns die Zeit entschwand wie Wasser in der hohlen Hand. (Der Reim war unbeabsichtigt.) Hindernisse sind zwar immer gut für eine Überraschung, aber wir hofften, es würden keine weiteren Probleme auftauchen. Eile war geboten. Noch dazu in einem Gelände, das keiner von uns kannte.

Lichter Wald, allerdings schon etwas dämmrig, nahm uns auf. Einmal Pech ist jedoch noch nicht genug. Unser Skiverlierer, der Xare, verschwand plötzlich mitten zwischen Lärche und Tanne im Untergrund. Wir hörten ihn nur noch dumpf von unten herauf fluchen: »Himmelhergottsakrament! Jetzt langt's heut aber wirklich!«

Bei dem Ganzen war jedoch beileibe keinerlei Zauber im Spiel. Dieses Phänomen kannten wir schon aus Erfahrung. Zum Glück konnte uns heute nichts mehr aus der Fassung bringen. Es war eine sogenannte Randkluft, die entsteht, wenn sich um größere Bäume herum ein Hohlraum unter dem Schnee versteckt hält. Wenn man darübergeht oder auch -fährt, bricht die Decke ein, und der verblüffte, ahnungslose Bergfreund befindet sich plötzlich manchmal bis zu zwei Meter tiefer. Da staunt selbst der Erfahrenste immer wieder.

Schwer verärgert, aber unverletzt konnte der Pechvogel schnell aus seinem Verlies befreit werden. Jetzt war aber wirklich allerhöchste Eile geboten.

Wie durch ein Wunder blinkten dann, gar nicht mehr so weit unter uns, Lichter herauf. Natürlich weit mehr als sonst üblich, denn es weihnachtete ja stark. Die seligen Glühweinfreunde lieben überall eine Festbeleuchtung zum Umtrunk.

Und so trafen wir ziemlich fertig, aber vor dem völligen Nachtwerden im fünf Kilometer von Mayrhofen entfernten Lanersbach ein, unweit einer Bushaltestelle.

Der Rest der gerade noch glimpflich abgelaufenen Geschichte ist schnell erzählt. Wir beglückwünschten uns zum guten Ausgang der aufregenden Unternehmung. Auf der Heimfahrt wurde aber bereits die nächste Hochtour diskutiert, zum Großvenediger. Allmählich verschwand die Anspannung aus Kopf und Gliedern. Das bewies anschließend zunächst ein Soloschnarcher. Wir anderen, natürlich bis auf den Fahrer, bildeten dann den Chor, wenn auch vielleicht nicht ganz so melodiös wie im Weihnachtsoratorium.

Zu Hause warteten die Lieben schon angespannt auf unsere heile Rückkehr. Echte Tannen glänzten schmuck mit bunten Kugeln und erlesenem Tand behangen sowie angenehm nach Wald duftend vor sich hin. In der größten Familie hatten die braven Kinder ein wunderschönes, beeindruckendes Kripperl mit Moos, Jesulein, Maria, Josef, Ochs und Esel aufgebaut. Sogar ein einsames Kamel blickte verwundert und befremdet in die unbekannte, almerisch gestaltete Gegend, weil sich das Ganze früher doch im Morgenland zugetragen haben soll. Was allerdings zwei Saurier da zu suchen hatten, blieb geheimnisvoll. Waren sie ausgestorben oder nicht?

Das wusste nur der grinsende Bengel, der durch die tropfenden Wachskerzen hinter dem Christbaum hervorlugte. Einige niedliche Englein schwebten dank eines Bindfadens über dem dezent beleuchteten Stall. Und so ging wieder einmal bei allen ein beschauliches, trautes Fest mit traditionellem, feierlichem Singsang in unsere Familienannalen und in die Geschichte des Abendlandes ein.

Keiner der Bergkameraden brachte je auch nur eine Andeutung über unser gefährliches Abenteuer über die Lippen. Sonst wären ja die weiteren, ähnlichen Unternehmungen bestimmt infrage gestellt worden. Denn keine der lieben Ehefrauen oder besorgten Freundinnen hört gerne, dass man wieder einmal gerade noch davon gekommen sei.

Heute, nach den vielen Jahren, kann man ja gefahrlos darüber reden. Familiäre Komplikationen braucht keiner mehr befürchten. Leider sind nicht mehr alle damaligen Bergkameraden auf dieser Welt unterwegs und in unseren schönen, aufragenden und aufregenden Bergen. Der zuverlässige Fahrer von einst, der Franze, ist ein paar Jahre später in einer Lawine zu lange und dadurch auf Nimmerwiedersehen verschwunden. Und ein weiterer Spezi, der sitzt nun verfrüht im Seniorenheim und weiß nicht mehr so recht, wie er eigentlich heißt. Die waghalsigen Unternehmungen unserer restlichen Crew ins lockende Gebirge sind ziemlich zusammengeschrumpft.

Das alles stimmt manchmal nicht so froh, auch wenn dann wieder die Erinnerungen an spannende Abenteuer sowie recht lustige Erlebnisse und Episoden die Oberhand gewinnen. Da schmunzelt man immer wieder länger vor sich hin.

Wie das so ist: Freunde kommen, Freunde gehen. Das geschieht. Aber lieber ein aufregendes, ereignisreiches Dasein im Rückspiegel als ein gleichmäßiges Auf und Ab ohne Würze im nostalgischen Blick zurück!

Jahreskarussell und Jägerlatein

Kaum geht das Jahr dem unausweichlichen Ende entgegen und die ersten Schneeflocken trudeln leise herab, ist auch schon wieder der Weihnachtsmarkt eröffnet. Die Buden stehen sittsam in Reih und Glied. Mit duftenden Tannengirlanden oder künstlichen Zweiglein und glitzernden Sternlein geschmückt prangt die außergewöhnliche Einkaufsmeile. Tausend Glühbirnen strahlen in allen Farben um die Wette. Jeder, der noch nichts für das hohe Fest gebunkert hat, kauft blitzartig, umgehend, eilig, ein paar mehr oder weniger sinnvolle Präsente, um nicht am Heiligen Abend mit leeren Händen auftreten zu müssen. Genau wie ich.

Fröhlicher, traditioneller, weihnachtlicher Gesang wabert erhaben mit dem leichten Nebel daher. Unser *Stille Nacht, heilige Nacht* erklingt vertraut, dezent. Festliche Johann-Sebastian-Bach-Trompeten schmettern silbrig, wenn auch nicht ganz tonrein, durch den dämmrigen Spätnachmittag um die stattliche Fichte im Lichterglanz herum. Offensichtlich freut sich, ohne Rücksicht auf die Kälte, jedermann und jedefrau über die feierliche Stimmung, kauft, wie gesagt, noch schnell irgendwelche Dinge, verzehrt heiße Maroni und ist glücklich. Friede ist anscheinend nicht nur ein Wort, und man genießt ihn in vollen Zügen.

Wie jedes Jahr um diese Zeit bewegt sich auch heuer wieder das Kinderkarussell behäbig zur weihnachtsorientierten Leierorgelmusik im Kreis. Die lieben Kleinen wissen glücklicherweise noch nichts von der zunehmenden Geschwindigkeit des Lebens, die sichtlich alle Jahre weiter aufdreht. Noch stehen sie glücklich auf ihren Kindesbeinen, fahren im Kreis und marschieren wohlbehütet in die Zukunft hinein, als wäre immer alles paletti. Und so soll es hoffentlich auch bleiben.

Ich komme am Rande des Minikarussells mit einem Großvater ins Gespräch. Er ist ein guter Bekannter von mir. Sein Enkel will als täglicher Stammkunde des kleinen Fahrgeschäftes mit dem Rundumfahren überhaupt nicht mehr aufhören.

Der Opa stellt resigniert fest: »Mein Enkelbubi ist schwer karussellfahrsüchtig. Jeden Tag treibt er mich hierher, und abschließend lande ich versehentlich am Glühweinstand, um mich ordentlich aufzuwärmen. Schon als wir hergekommen sind, habe ich vorsichtshalber und zum Vorwärmen ein paar Gläser genossen. Gut, dass wir zu Fuß da sind und nicht weit heim haben. Gleich um die Ecke. Da sind die paar Promille völlig ungefährlich.«

Der Bubi jauchzt und quiekt nach jeder Runde, warm eingepackt, zu uns herüber und freut sich an der Bewegung und am jungen Leben, von dem er noch viel vor sich hat. Runde um Runde dreht sich das Karussell, alle Jahre wieder in den Dezember hinein, sogar lange bevor auch heuer wieder mit bestimmter Sicherheit das Christkind rechtzeitig auftaucht. Darauf ist Verlass.

Im Gegensatz zum Nikolaus. Der traut sich, selbst in Begleitung vom verteidigungsbereiten Knecht Ruprecht oder dem noch gefährlicheren Krampus, früher mit Rute und Kette bewaffnet, nicht mehr so oft in die Öffentlichkeit hinaus. Der traurige, höchst bedenkliche Grund ist, dass manche böse Buben den guten Heiligen immer öfter ärgern, ja sogar veräppeln wollen. Tapfere Nikolausdarsteller bekommen immer weniger Unterstützung seitens der gleichgültiger werdenden Bevölkerung. Die Traditionen und die Überlieferungen haben es oft nicht leicht. Wo soll denn das noch hinführen, wenn nicht letztendlich zum schweren Schaden des Abendlandes?

Ich weiß von früheren Begegnungen, dass der Opa am Kinderkarussell aus Berufung und ziemlich leidenschaftlich Jägersmann ist. Die Wände seines Familienwohnzimmers sind bis auf den letzten Quadratzentimeter übersät mit ausladenden Hirschgeweihen und ausgestopften, persönlich erschossenen Tieren. Ein Murmeltier und sogar ein nicht umzubringender künstlicher Wolpertinger erfreuen den erstaunten Betrachter. Auch Federwild, wie zum Beispiel ein seltener Uhu, starrt eigenartig auf den neugierigen Besucher herab. Der gute Mann war auch schon fast Großwildjäger in Afrika, hatte aber leider den Jagdschein vergessen. Löwe, Leopard, Nashorn und Co. sind heute noch dankbar dafür.

Stolz und Beifall heischend residiert der Waidmann inmitten seiner Trophäen. Nur seine gute Frau hat das Abstauben der Reliquien langsam satt.

Der deutsche Wald und die freie Natur mit ihren zahllosen Tier- und vielfältigen Baumarten sind immer wieder seine wahre Heimat. Deswegen trägt er auch ständig grüne oder graue Tarnkleidung aus strapazierfähigem, zähem Loden. Wahrscheinlich sogar in der Nacht. Es wäre überhaupt nicht verwunderlich, wenn sein Schlafanzug oder sein Nachthemd mit den gedeckten Farben des Waldes und der Flur harmonieren würden. Und wenn er nächtens in seinen Alpdrücken gegen einen Schadbären oder gegen einen hinterlistigen Wolf antreten muss, ergibt diese stabile Nachtkleidung sehr wohl einen realen Sinn. Vielleicht träumt er nämlich permanent nicht nur von röhrenden Hirschen, munteren Rehböcken und angriffslustigen Hasen, sondern auch von weit gefährlicheren Faunaangehörigen. Neuerdings bereitet ihm nämlich die Wildsau schwere Gedanken.

Auch das sprichwörtliche Jägerlatein beherrscht er hervorragend. Immer wieder lauscht man ergriffen, wenn er seine unglaublichen Erlebnisse völlig glaubhaft auftischt.

Es dauerte auch an diesem schönen Adventnachmittag gar nicht lange, und schon kam er auf seine unwirklichen, kuriosen Abenteuer zu sprechen. Genau wie der legendäre, berühmte Baron von Münchhausen begann er zunächst völlig harmlos, aber gezielt.

»Vorgestern war ich bereits in der ersten Frühe vor Sonnenaufgang oben am Berg droben in meinem

Waldrevier. Nur so zur Beobachtung und Kontrolle. Damit entgehe ich auch gerne dem vorweihnachtlichen städtischen Trubel. Den überlasse ich lieber meiner Frau. Die hat ja wirklich noch viel zu tun, so kurz vor den Feiertagen. Nur das Kinderkarussell besuche ich mit dem Enkelbubi beinahe täglich am Spätnachmittag. Im Advent trage ich kein Gewehr mit mir, weil ja noch dazu auch Schonzeit herrscht. Aber man muss schon auch ohne Schießprügel jederzeit nach dem Rechten sehen, was los ist im Revier. Neuerdings treiben sich da nämlich zahllose aggressive Wildschweine herum. Die sind jedoch so schlau und scheu, dass man sie kaum zu sehen bekommt, selbst nicht mit dem neuesten Nachtsichtgerät zu fortgeschrittener Stunde.

Sage und schreibe eine Ewigkeit hockte ich dann schon oben auf dem Ansitz. Ich glaube, mein Rückgebäude war schon ziemlich angefroren. Da hörte ich doch tatsächlich ein verdächtiges Grunzen und ein unheimliches Knacken aus dem Unterholz. Sofort war ich wieder hellwach. Nun weiß man ja als erfahrener Waidmann sofort Bescheid, was los ist. Ein Wilderer kann es nicht sein. Der verhält sich ganz anders. Er knackt zwar hin und wieder unabsichtlich, vielleicht. Aber er grunzt nicht. Außerdem habe ich in meinem Revier noch keinen erlebt. Das würde ich auch keinem raten. Der hätte nichts zu lachen und zu knacken. Doch dieses Mal wäre es ein schlimmes Desaster gewesen, wehrlos, so ganz ohne Bewaffnung, sozusagen nackt.

Ich muss vorausschicken, dass mein Hochsitz im Laufe der Jahre leider schon etwas morsch, ja baufällig geworden war. Der hätte längst erneuert werden müssen. Noch dazu kam ein starker Nordwind auf. Schneeflocken wirbelten immer dichter durch die Luft, und der ganze Kasten schwankte bedenklich hin und her. Auch habe ich im vergangenen Jahr ziemlich zugenommen und es zu spät bemerkt. Das erschwerte die ganze Sache im wahrsten Sinne des Wortes natürlich gewichtsmäßig erheblich und gefährlich.

Immer stärker schwankend, hielt ich mich fest. Mir wurde beinahe schwindlig, obwohl ich nichts getrunken hatte. Plötzlich schlich eine ganze Wildschweinfamilie aus dem Tannengrün hervor, verhoffte, schnoberte und grunzte behaglich. Und du glaubst es nicht: Die gesamte Bande scharte sich um die wackeligen, morschen Pfosten unter mir und äugte zufrieden, aber diabolisch zu mir herauf. Vor allem der gewaltige männliche Eber fletschte drohend seine kräftigen Hauer und machte sich als Chef des Clans unangenehm, aber wichtig bemerkbar. Er wollte mir starke Furcht einflößen. Und das gelang ihm sogar beinahe.

Unvermittelt begann dann diese unverschämte Bande zu wühlen und zu graben. Immer tiefer. Noch blieb ich ziemlich ruhig. Aber als dann der ganze Jägerstand allmählich nach vorne kippte, stockte mir fast der Atem. Glücklicherweise habe ich die Kabine im Herbst, obwohl nichts ahnend, noch mit einem kräftigen Gummiband am rückwärtigen Tannenstamm befestigt. Plötzlich dehnte sich anscheinend diese provisorische Halterung unverhofft aber sehr. Schon bewegte sich mein Holzkasten, in dem ich saß, schwankend sowie im Zeitlupentempo immer weiter nach vorne und nach unten. Die vorderen Pfosten waren eingeknickt wie bei einem angeschossenen Hirschen.

Ich wurde so perplex über diese unverhoffte Abdrift, dass ich nur noch merkte, wie ich allmählich, beinahe Auge in Auge mit der großen Bache unter mir, schon fast auf gleicher Höhe sein musste. Sie saß zufrieden im Schneetreiben auf ihren Hinterläufen, unbeweglich, wie ein indisch grinsender Buddha, und musterte mich unverhohlen. Die zahlreichen jungen Ferkel, namens Frischlinge, tanzten um das Mutterschweindl herum, als wollten sie mich verhöhnen. Und der Clanchef fletschte von Zeit zu Zeit als unmissverständliche Warnung seine Hauer zu mir her.

Endlich, beinahe nach einer Ewigkeit, erwachte ich aus meiner ängstlichen Starre und fand meine Stimme wieder. Ich stieß unheimlich laute, markerschütternde Schreie aus. Ich hörte mich selbst wie aus einer weit entfernten, anderen Welt oder vielleicht sogar vom Mond herab. Nun musste ich aber furchtbar lange schreien, fast war ich schon recht heiser, bis diese Schweinebande endlich widerwillig grunzend im Unterholz verschwand. Der gewaltige Eber drehte sich noch einmal um, fletschte und blickte grimmig zurück. Dann schüttelte er den Kopf, offensichtlich wegen meiner absonderlichen Lage, bevor auch er sich endgültig trollte und unsichtbar machte.

Es war zwar eine trügerische Ruhe eingekehrt, aber ich hing immer noch vollkommen hilflos, mindestens gut einen Meter über dem Erdboden, schräg und schwankend in der Luft. Die Angst entpuppte sich als sehr groß, dass das Gummiband versehentlich reißen könnte.

Das geschah dann auch unvermittelt, jedoch geräuschvoll, sehr laut, wie mit einem Schuss. Aber zum Glück passierte das erst, als ich schon fast den Boden berühren konnte. Die Landung war nun nicht mehr so schrecklich schmerzlich. Ich kam mit einem blauen Auge und einer harmlosen, leichten Gehirnerschütterung sowie unbedeutenden Verstauchungen ersten Grades gerade noch davon.

Als ich jedoch meinen Jeep, der nahebei stand, erreichte, war ein Reifen aufgeschlitzt. Sollte eventuell doch ein bösartiger Wilderer in meinem Revier unterwegs gewesen sein? Diese Vorstellung verfolgt mich seitdem nun ununterbrochen. Ohne Waffe gehe ich nicht mehr los! Das hat man davon, wenn man gutgläubig an das Brave im Menschen denkt.«

Ich nickte stark beeindruckt. Bei oberflächlicher Betrachtung konnte ich allerdings fast keinerlei an dem Waidmann zurückgebliebenen Schaden bemerken. Auch die Gehirnerschütterung hatte er anscheinend beinahe problemlos überwunden. Versteckte Langzeitschäden sind ja eher unsichtbar, wenn es um den Kopfinhalt geht. Und er wirkte auch, bis auf seine gut erfundenen, unglaublichen Schilderungen, ziemlich normal.

Der kleine Jägerenkel quietschte wieder einmal munter im Vorbeifahren, nach bestimmt schon der hundertsten Runde. Ob der auch schon die blühende Fantasie seines Opas geerbt hatte? Die Leierorgelbegleitmusik quäkte mechanisch-freundlich, aber feierlich weihnachtlich, immer weiter. So wie es aussah, noch den gesamten Advent hindurch.

Der Großvater war durch die Schilderung dieser unglaublichen, interessanten Horrorgeschichte ganz außer Atem gekommen. Beinahe hätte man glauben können, er hätte sie wirklich erlebt. Damals im Morgenland mit diesen Tausendundeine-Nacht-Geschichten wäre er sicher ein berühmter Erzählstar geworden. Oder der Chef vom persischen oder osmanischen Reich. Oder aber sein Großwesir hätte ihn wegen zu starker Übertreibung sofort hinweggerichtet. Das weiß man heutzutage nicht mehr so genau. Die konnten damals ganz schön bösartig werden, wenn jemand zu stark übertrieb oder frech wurde.

Jedenfalls bat mich der Sheriff des deutschen Waldes inständig: »Bitte hol uns doch vom Glühweinstand nebenan ein paar Gläser. Möglichst heiß. Wegen der Kälte.«

Das tat ich sehr gerne. Die eindringliche Schilderung hatte auch mich ziemlich mitgenommen. Unter den erfrischenden, originellen Klängen harmonischer Hirschhornbläser klang der Tag in die Nacht hinaus. Der beeindruckende Sound kam vom Balkon des angrenzenden letzten Barockhauses herab, das von der bodenständigen Planung der versierten Stadtarchitekten offensichtlich übersehen worden war.

Schwankend wie in seiner Jägerlateingeschichte, den quietschvergnügten Enkel an der Hand, nahm der tapfere Waidmann anschließend in seiner Tarnkleidung aus zähem Lodenstoff vorsichtig den Nachhauseweg auf. Hoffentlich ohne Gefahr zu laufen, im Dunkeln gleich hinter dem Weihnachtsmarkt unbewaffnet und ohne Nachtsichtgerät einer verirrten Rotte Wildschweine zu begegnen. Ich rief ihm noch vorsorglich nach: »Sei auf der Hut vor Wildsau, Schadbär, Isegrim, tollwütigem Hasen und Wilderer, du tapferer Waidmann!«

Der muntere Enkelbub drehte sich um und rief fröhlich: »Opa hat Schießgewehr!«

So traumhaft und vielfältig kann der traditionsbewusste Mitbürger unmittelbar und hautnah immer wieder die frohe, selige Weihnachtszeit erleben. Wenn der Glühwein in Strömen fließt und die trauten, weihnachtlich-frommen Lieder unser Abendland durchströmen, schätzt man das reiche, glückliche Leben auf unserer »Insel der Seligen« besonders! Auch wenn sich aus den Wäldern immer noch ab und zu die gefährliche Natur zu Wort meldet. Aber wer fürchtet sich schon davor? Opa hat Schießgewehr!

Alpin-musikalischer Naturgenuss im Advent

Als professioneller, leidenschaftlicher Berg- und Skitourenführer galt er in unseren Alpenvereins-, Bergbund- und Naturfreundekreisen schon zu Lebzeiten längst als Legende. Sein beachtliches Motto: »4000 drüber und drunter, nur das ist das wahre Leben.«

Eigentlich hätte er ein geborener Sherpa aus dem Himalaja sein können. Da drüben im schönen, ziemlich hoch gelegenen Tibet befand sich auch der Beginn seiner schwindelerregenden Hochtour auf den Schicksalsberg deutscher Höhenwanderer, den sagenumwobenen Nanga Parbat. Er musste zwar kurz vor dem endgültigen Gipfelgenuss umdrehen. Ein ungewöhnlich starker Monsun in Form von eisigen Niederschlägen und stürmischen Fallwinden versalzte ihm leider die Suppe gehörig. Aber wie sich jeder ernsthafte Bergbesteiger leicht vorstellen kann, brachte er ein erkleckliches Sümmchen an Erlebnissen von dieser Hochtour in seinem Rucksack mit nach Hause und fügte sie zu seinem Erfahrungsschatz hinzu. Stark interessiert, besonders an allen Erscheinungen der fremdländischen Fauna im

Himalaja, war sein Augenmerk auch auf ein besonderes Phänomen gerichtet.

Ein Phänomen, das noch dazu der Rekordbezwinger aller Achttausender mit und ohne Sauerstoffmaske, ein gewisser Reinhold Messner, offensichtlich vermeintlich persönlich aufgespürt haben wollte. Es handelte sich dabei um das sagenumwobene, bärenähnliche, aber mehr noch affenartige und angeblich sogar menschenähnliche Wesen namens Yeti. Leider jedoch war ihm keines dieser Ungetüme auf seinen häufigen Expeditionen jemals tatsächlich untergekommen. Das musste der bekannte, großartige Mann kleinlaut zugeben. Und von Spuren, noch dazu unsicheren, ist es noch ein weiter Weg zu einer bewiesenen Tatsache, auch wenn die Eingeborenen aus dem schönen Tibet ausführlich darüber geflunkert hatten. Sollte es aber den Yeti allen Unkenrufen zum Trotz wirklich geben, so müsste auf alle Fälle die gesamte mühsam gedichtete Menschheitsgeschichte der Trockennasenaffen völlig runderneuert und beackert werden.

Er, der auch schon berühmte Berg- und Skitourenführer von unserem Alpenverein, hieß bei uns allen mit Spitznamen nur der Übersepp. Denn meistens in seinem aufregenden Leben war er ja auch weit über dem Level normaler Bergsteiger oder gar Durchschnittsmenschen zugange gewesen. Und das nicht nur am Nanga Parbat, dem schwierigen Achttausender, an dem sich zahllose deutsche Elitebergsteiger bereits früher sozusagen viele Zähne ausgebissen hatten. Zwar bleiben die traurigen Opfer unvergessen. Aber besser und bekömmlicher wäre es zu jener

Zeit für die ehrgeizigen Höhenwanderer gewesen, sie hätten achtmal einen leichter zu bezwingenden Tausender-Berg erklommen. Jeder erfahrene Aufsteiger weiß doch, dass zum Beispiel das gefürchtete Lungenödem am Geigelstein so gut wie niemals auftritt und trotzdem das Gipfelglück verheißungsvoll sowie sogar noch öfter winkt. Außerdem wäre so eine achtfache Expedition noch dazu wesentlich billiger gekommen. Die ganze komplizierte Versorgung in großen, eisigen Höhen verschlingt und beansprucht doch einen viel größeren Aufwand. Noch dazu im meist unsicheren entlegenen Ausland, wo vielleicht sogar politisch immer wieder eine erkleckliche Instabilität auftreten kann. Da droht dann hin und wieder sofort eine augenblickliche Verhaftung oder Internierung wie damals den berühmten Bergfreunden Peter Aufschnaiter und Heinrich Harrer von englischer Seite her. Sieben Jahre lang mussten sie nach ihrer überstürzten Flucht über unwegsames Gletschergelände beim Dalai Lama in Tibet ausharren.

All diese unbestrittenen Tatsachen entwickelten sich bald auch zum Leidwesen der guten Frau vom Übersepp. Sie hatte nämlich nichts mit der majestätischen Bergwelt am Hut. Ab 50 Metern über Meereshöhe und gar darüber erlitt sie schnell die unangenehme Höhenkrankheit und war noch dazu überhaupt nicht schwindelfrei. Der Übersepp war da aus ganz anderem, zähem Holz geschnitzt. Er sah wirklich das meiste, was so daher kommen konnte, übersichtlich und souverän von einer überhöhten Warte aus. Zu jener Zeit schon über 80 und geprüfter, absolut zuverlässiger Führer bis in die höchsten Bergspitzen hinauf und wieder herunter, hatten seine Abenteuererlebnisse und Geschichten schon längst Kultstatus erreicht. Noch dazu verfasste er mehrere einschlägige Bücher über alpine Dinge wie Gipfel, Gletscherspalten und vorbeugende Ausrüstung gegen das Hineinfallen, die selbst heute noch eifrig gelesen und befolgt werden. Sein Standardwerk *Unübersichtliche Wege durch Latschen, Felsabstürze und vereiste Gefahren* hat in seinem Heimatkreis und einige Entfernung darüber hinaus kein kleines Aufsehen erregt.

Ich kann mich noch sehr gut erinnern, wie ich damals zusammen mit einer Gruppe unseres Alpenvereins unter seiner tüchtigen und kundigen Führung den anspruchsvollen Aufstieg hinauf zum Monte-Rosa-Massiv mühsam, aber fröhlich bezwang, wenn auch teilweise mit kurzer Lifthilfe. Ausgangsruhepol für mehrere Viertausender sollte die weit oben gelegene Gnifettihütte sein. Erschöpft, aber glücklich saß schon am frühen, beschaulichen Abend eine eingeschworene Gemeinschaft um den größeren, ovalen Vollholztisch aus Bergahorn und lauschte.

Es ist jetzt überhaupt nicht schwer zu erraten, wer der Hauptwortführer und Erzähler von einmalig packenden Storys aus dem alpinen Leben war. Natürlich kein anderer als der Übersepp persönlich. Von ihm als hundertprozentigem Garanten für flunkerfreie und total wahre Geschichten konnte man gar nicht genug über seine überwältigenden Abenteuer hören. Wenn er beispielsweise, unvergesslich, damals auf der Gnifettihütte im Monte-Rosa-Gebiet – mit ihren 3647 Metern über dem Meer wahrscheinlich die höchstgelegene bewirtschaftete Gebirgshütte der Alpen überhaupt – auspackte, dann war es sofort wieder so weit. In hervorragendem Deutsch, trotz seiner mundartigen bayerischen Ungezwungenheit, referierte er prägnant, einfallsreich und bunt. Sogar drei Blitzschwaben, zwei eingefleischte Sachsen und der eher gebrochen deutsch schwadronierende italienische Hüttenwirt verstanden das meiste. Alle Anwesenden waren nur noch ruhig und lauschten ergeben. Beim reichlich fließenden Tiroler Roten bekam so mancher Neuling im Hochskitourenwesen rote Ohren vor lauter Erregung. Denn er hatte sein Idol und Vorbild für das ganze Bergsteigerleben gefunden: den Übersepp.

Weil aber nun alle eine imposante Begebenheit aus der oberen Fels- und Gletscherregion erwarteten, strafte der Übersepp die Lauschenden unverhofft mit ganz anderen Themen Lügen. Diese waren aber mindestens genauso brisant, scharf und umwerfend wie seine sonstigen Geschichten. Sie, die Lauschenden, lagen falsch. Kaum einer wusste, dass der Mann auch musikalisch hochgradig begabt war. Er spielte zwar selbst kein direktes Instrument – sieht man einmal von seiner sonoren, weittragenden Baritonstimme ab. Aber er konnte sehr wohl die vielfältigen Tonarten des Windes, der Bergwildnis sowie sämtlicher einheimischer Vogelarten als den Klang der absoluten Freiheit problemlos entziffern. Er war sogar ziemlich berühmt für das Aufspüren von seltenen Klangfarben im Zusammenhang mit diversen tonalen Erscheinungen der Schöpfung insgesamt. Als leicht religiös verankerte Persönlichkeit wurde er keineswegs ärgerlich, wenn jemand das mit den sieben Tagen der Weltentstehung wortwörtlich verstand oder sogar als unumstößlich proklamierte.

Aus solch guten Gründen und weil er sich als leidenschaftlicher Naturfreund herausstellte, kam Überraschendes zutage. Seine anspruchsvollen Ausflüge erstreckten sich nämlich ebenso in niedere Regionen, sogar in die Vorberge mit einer Höhe von so um die tausend Meter über dem Meer. Auch wenn es zunächst beinahe unspektakulär erschien, griff doch schnell eine hochachtungsvolle Würdigung seiner Beobachtungen und detailgenauen Schilderungen um sich. Er begann mit der harmlosen Aufforderung: »Jetz hörts einmal alle her!« Das taten wir gerne, bereits von vornherein ergriffen und bis zum Zerreißen gespannt.

Und schon legte er los.

»Jeder und jede von euch einheimischen Aufsteigern und Aufsteigerinnen in höhere Lagen kennt doch sicher unser schönes Vorgebirge. Ich denke dabei unumwunden hauptsächlich an den Rosenheimer Hausberg, die Hochries. Sie ist zwar jetzt nicht besonders hoch, eher unspektakulär und bis zur nächsten Eiszeit auch total gletscherfrei, steht aber in trauter Berggemeinschaft gar nicht isoliert vor unserer Stadt. Ich hole jetzt bewusst etwas aus. Zwar nicht bis zur letzten Eiszeit, aber bis zurück zur letztmaligen Adventszeit.

Als sich nämlich Weihnachten schnell näherte und abzeichnete, zog es mich vor den Feiertagen noch hinauf zwischen die nadelbeholzten Tannen und Bergfichten in die nicht sehr hohe, aber märchenhaft verschneite Einsamkeit. Abseits aller gängigen Aufstiegsspuren, ziemlich nachbarschaftlich neben unserem Hausberg gelegen, ging mein Streben durch den schon länger aufgehäuften Schnee zum sogenannten Karkopf hinüber. Der Name wurzelt daher, weil sein Kopf völlig kar, also kahl erscheint. Obwohl ich mich dabei noch nicht über der Vegetationsgrenze befand und gar nicht viel weiter unten ein paar mächtige Tannen heraufgrüßten, überwältigte mich das Gefühl von grenzenloser Freiheit. Befreit vom Trubel der adventlichen Einkaufsquellen und Werbekampagnen, befand ich mich nach einigen Stunden und leicht schweißgetrieben oben.

Der Gipfelgenuss war umwerfend. Ich genoss vor allem den azurblauen Himmel, den Rundumblick in alle erdenklichen Richtungen und holte eine sogenannte Gipfelhalbe Weißbier aus dem Rucksack hervor. In verständlicher Vorfreude auf die Abfahrt machte ich bald anschließend erfreut eine weitere überraschende Entdeckung: Es befanden sich nämlich noch zwei weitere Halbe im Rucksack. Solchermaßen gestärkt, erwartete mich als Nächstes abfahrtsmäßig der wunderschöne, längere Abhang hinunter zu den Karkopfalmen. Frohgemut machte ich mich bereit für ein noch unbewusstes Erlebnis der besonderen Art.

Ich muss jetzt zur Klarstellung noch vorausschicken, dass eine für diese weihnachtliche Dezemberzeit ungewöhnliche Schneeart entstanden war. Durch ein verworrenes Auf und Ab von Wetter und

Temperatur mit Kälte, Föhn oder großflockigem Neuschneefall hatte sich nach und nach ein sogenannter Firn entwickelt. Das ist, wie ihr ja alle wisst, die grobkörnige, sonst kaum vor März anzutreffende Schneeart, die gerne mit Skiern befahren wird. Und weil es noch dazu momentan gerade etwas gefror, nachdem der laue Föhn darübergestrichen war, bildete sich zuoberst eine ganz dünne, vielleicht einen zwölftel Zentimeter starke Eisschicht.

Dadurch entstand ein Phänomen, das ich als Musikliebhaber und Genussskifahrer mein Leben lang nie mehr vergessen kann. Es war die Urmusik und der Urklang der gesamten Schöpfung unseres Planeten und Daseins überhaupt, unter dem azurblauen, stillen und unbewegten Nachmittagshimmel dieses Tages.«

Wortwörtlich und unumwunden sprach hier der wahre Kenner und Genießer von einer absoluten, tönenden Fahrt ins Blaue.

»Wie gesagt, ich schoss in den Hang, der sich jungfräulich unter mir erstreckte, hinein, gemächlich und genüsslich hin und her schwingend. Aber was war das? Bei jedem Schwung ertönte ein überirdischer Sphärenklang in sämtlichen Tonarten der Welt von Dur bis Moll in feinsten Kadenzen und Tonleitern. Vorsichtig abschwingend, verharrte ich unfreiwillig mitten im Hang. Die einmalige musikalische Überraschung hatte einen leichten, glücklicherweise ungefährlichen Sturz verursacht. Und da lag ich selig inmitten und umrauscht von glitzernden, zu einem unwirklichen Leben erwachten und klingenden, winzigen Eiskristallen. Diese rieselten fein ertönend wie die Saiten, Pfeifen, Schalllöcher sämtlicher bekannter Musikinstrumente sowie die Stimmen von Bariton-, Sopran-, Tenor-, Mezzosopran- und sonstigen Sängern und auch Klangschalen den Hang herab. Ich war, das kann ich ohne Übertreibung zugeben, der Auslöser einer von Menschen bisher nie komponierten, einmaligen Weltensinfonie. Tief berührt und noch dazu beinahe orchester- und chormäßig begleitet, pflügte ich leichten Herzens in den schwindenden Nachmittag hinein und hinab in die überfüllte Welt. Das entwickelte sich erst vollmundig, dann immer gedämpfter werdend wie unter der sachten Begleitung des großen Gamelanorchesters aus Bali. Dieses Klangkaskadenerlebnis strahlt seine bleibende Wirkung aus, solange eine Musik mein Bergsteigerleben durchziehen wird.«

Atemlose Stille war in die Gnifettihütte am Monte Rosa eingekehrt. Wir alle genossen auch noch im Nachhinein die romantischen Ausführungen unseres Bergführeridols über seine weihnachtliche Überraschung. Nachdenklich sprachen wir dem dunkelroten, bekömmlichen Tiroler Wein zu.

Dabei machten die erstmalig mitgekommenen Debütanten für Hochtouren einen entscheidenden Fehler, wie fast alle Leute, die nach und nach aus der jungen Generation hervorgekommen sind. Der alkoholerfahrene Fachmann denkt jetzt vielleicht vorschnell an das bekannte Komasaufen. Das ist aber unter den ganz und gar vernünftigen Bergfreaks weniger üblich. Trotzdem überschätzten auch sie, die Neulinge, im Übereifer schnell ihre Trinkfestigkeit in großen, eisigen Höhen.

Dort genügt es schon, nur übereilt, noch ganz ohne Alkoholisierung, die Treppe zu den Schlafgemächern, das heißt zum Massenlager, hinaufzuhasten. Sofort bekommt wirklich beinahe jeder das ungute Gefühl: »Jetzt springt aber das gute Herz gleich beim Halse heraus.« Fast jeder Kreislauf zeigt nämlich auf dieser Höhe eine Überforderung an. Nur der geprüfte Berg- und Skitourenführer, unser Übersepp in seinem fortgeschrittenen Alter, trank seelenruhig seine drei Viertel vom süffigen Roten, eilte mehrmals zu seinem Rucksack nach oben und wieder herunter, bestellte das vierte Viertel – und siehe da, sein Puls lag immer noch lediglich bei 60 Schlägen pro Minute. Er war tatsächlich ein robustes gesundheitliches Wunder. Sogar mancher seiner Hausärzte schüttelte anerkennend sein kluges Haupt. Noch viel mehr war der ungläubige Kardiologe aus dem Häuschen über dieses menschliche Wunder.

Am nächsten Tag in aller Herrgottsfrühe, als wir anderen doch etwas groggy vom Tiroler Roten und noch dazu durch die anhaltende, nervtötende Schnarcherei geschwächt aus der Nachtruhe hervorgegangen waren, stand er aufrecht und munter da. Noch dazu war er in dieser Nacht sozusagen überhaupt der dominierendste Schnarcher aller Zeiten gewesen. Er, unser Vorbild, zeigte sich auf seinen zwei mit Steigfellen beklebten Brettln als Allererster am blau schimmernden Gletscher. Weiter unten zwitscherten bereits die ersten Frühaufsteher unter den Singvögeln, auch wenn der frohe Schall nur sehr schwer bis hier heraufdrang. Wir folgten mit hängenden Ohren und weit weniger Kondition als der

Meister mit dem umfangreichen Rucksack und seinen damals immerhin schon gut 80 Jahren auf dem Buckel.

Zunächst führte der anstrengende Weg geradewegs in der gelegten Spur hinauf zur Signalkuppe auf 4500 Meter über dem Meer, das von da oben aus leider nicht zu sehen war. Dieses Ziel war uns bereits gestern noch angesagt worden. Gesagt aber ist so etwas viel leichter als getan. Die letzten Meter zur Hütte dort oben lösten immer stärker eine ungute Erschöpfung aus. Aber diese Stützpunkthütte ist leider nur als Ruhepunkt für maximal 20 Minuten gedacht, dann musst du runter, weil früher so manchem geschwächten Tourenfreak die Höhe schlecht bekommen war und der Kreislauf sozusagen Sperenzchen machte oder gar gänzlich versagte.

Den Übersepp zog es aber auf weitere Viertausender, denn die sind da oben reichlich vorhanden, nämlich insgesamt an die zehn Stück. Er war auch der Einzige aus unserer Gruppe, der den berühmten, schwierigen, berüchtigten Liskamm mit seinen 4527 Metern über dem Meer locker und erfolgreich bezwang. Mit seinem verdammt starken Kreislauf konnte er ungerührt solche Dinge in diesen großen, eisigen Höhen vollbringen, ohne dass sein Puls über 60 Schläge in der Minute stieg. Davon durfte so mancher von uns Jüngeren nur vorsichtig träumen.

Als wir nach der einmaligen, tollen Bergfahrt wieder zu Hause angelangt waren, musste ich jedoch leider Zeuge einer Situation werden, die weniger rühmlich für unser Bergführeridol verlief – obwohl er dabei wiederum die Hauptrolle spielte.

Seine hübsche, aber resolute Angetraute holte ihn zwar vom Bus ab, zeigte sich jedoch furchtbar aufgebracht. Der Übersepp hatte in seiner Euphorie für das Hochgebirge den einzigen verbliebenen Haustürschlüssel mit hinauf zum Monte-Rosa-Massiv genommen, und die erregte Frau musste bei Verwandten seine Rückkehr abwarten. Noch dazu hatte er in der vorhergehenden Zeit nach und nach insgesamt schon weitere drei Haustürschlüssel verschlampt. Damals, ja damals gab es nämlich wirklich noch keinerlei Handys oder gar Smartphones. Und der Schlüsseldienst zeigte sich auch momentan recht sperrig. Er wollte wegen Überlastung erst nach den Pfingstfeiertagen erscheinen.

Aber vielleicht hat der Übersepp im Zuge der Ausgießung des Heiligen Geistes eine ausreichende Portion von dieser kostbaren Substanz abbekommen und dadurch eine vorsichtigere Einstellung zur Schlüsselgewalt seiner Frau erlangt.

Die jugendlichen Tester

Das Mustergelände für die Ausstattung von Kinderspielplätzen war riesig. Viele Eltern mit ihrem Nachwuchs kamen zur Besichtigung und Erprobung der neuesten Geräte für ihre Kinder. Die Ankündigungen in vielen Zeitungen und im Internet waren sehr erfolgreich gewesen. Man staunte über die ausgeklügelten, aus echtem Gebirgslärchenholz und Edelblech kreierten, physisch und psychologisch ausgetüftelten Kletter-, Rutsch- und Kriechschöpfungen. Manche klug und über den Tellerrand hinaus denkende Erziehungsberechtigte erahnten sehr wohl, wo das mit der Reduzierung allgemeiner geistiger und körperlicher Bewegung, vor allem beim Nachwuchs, noch alles hinführen konnte.

Früher wurde wenigstens in der Schule großer Wert auf Leibesübungen gelegt, und die Kinder waren unabhängig und geschützt vor den Unbilden des technischen und elektronischen Fortschritts. Sport ist eben nicht nur Mord, sondern auch Balsam für die Muskeln und, in Maßen genossen, sogar für die Gelenke. Das beginnt bereits im Kindergarten und erstreckt sich vom Schüler über das Mittelalter bis zum greisen Wanderer.

Wenigstens werden als Ersatz für die sträflich vernachlässigten natürlichen Leibesbewegungen in den Ballungszentren allmählich innovative Kinderspielplätze ins Auge gefasst. Solche Fabrikationen haben glücklicherweise zunehmend Hochkonjunktur. Und der Slogan: »Zurück in die Fußstapfen der Natur« spricht dazu ernste Bände.

Der technische Leiter der Firma proklamierte aus voller, überzeugter Brust:

»Spiel als Erfahrung für die Entwicklung der jungen Menschen ist unerlässlich. Und zur Sicherung des Überlebens muss auch eine Eigenschutzentwicklung stattfinden. Man fördert sie durch Begegnung mit auftretenden Gefahren im kindgerechten Ausmaß und durch Beherrschung derselben.

Übertriebenes, ängstliches Verantwortungsgefühl der Erziehungsberechtigten führt eher in die falsche Richtung. Der junge Mensch braucht auch das Risiko. Nur im Wagnis wird er selbstsicher und unabhängiger in seiner Persönlichkeit. Kinder, die nicht klettern, kriechen und balancieren lernen, sind im gesamten weiteren Leben meist besonders gefährdet. Falsch verstandenes Sicherheitsdenken und allzu übertriebenes Verantwortungsbewusstsein begrenzen eine Entwicklung zur körperlichen und geistigen Gesundheit. Mut und Selbstvertrauen können sich dann nicht entfalten. Außerdem stachelt ein gewisser Wettbewerb um Geschicklichkeit dazu auf, schneller, besser und stärker zu werden. Und das ist ja in unserer Gesellschaft von entscheidendem Wert.

Ich spreche aus eigener Erfahrung. Zu meiner Zeit gab es zwar noch überhaupt keine Kinderspielplätze. Aber bereits damals hatte dieses Manko unbewusst in mir positive Wurzeln geschlagen. Wir Kinder haben kein Risiko gescheut. Unser Spiel- und Betätigungstrieb wurde noch nicht in eine weitgehend abgesicherte, kontrollierte Bahn gelenkt. Wir sind – verzeihen Sie mir den Vergleich – damals genau wie unsere Vorfahren, geschickte Affen, auf die höchsten Bäume geklettert. Aufgeschlagene Knie waren selbstverständlich, und niemand hat sich darüber aufgeregt. Wir waren sogar stolz darauf.

Heute verarmt der Bewegungsdrang und beschränkt sich lediglich auf einseitige Fingerspielerei und Kopfgedankenarbeit. Der moderne, verarmte Mensch verkrüppelt am Computer zum Weichtier, in Richtung Grottenolm, Nacktmull oder Qualle. Das Wunderwerk Rückgrat verkrümmt sich und verkommt mit dem sturen, festgenagelten Dauerblick auf diese kleinen Suchtmaschinen.

Weg damit, frei durchgeatmet und hinauf auf das Klettergerüst aus echtem, natürlich gewachsenem Berglärchenholz. Oder hinein in die befreiende, Ausdauer erzeugende Kriechmöglichkeit unseres Labyrinths, wenn am Ende der Blick in die Welt neu aufleuchtet!

Uns nützt doch der angepriesene digitale, wissenschaftliche Fortschritt so gut wie wenig. Jetzt wird es umgehend wirklich höchste Zeit, unserem Nachwuchs geprüfte, kindgerechte Möglichkeiten zu bieten, um Korpus, Esprit und echten Scharfsinn wiederaufleben zu lassen.

Glücklicherweise können wir mit unseren Innovationen den echten Fortschritt zurück zu unserer Vorfahrenzeit hier und heute wieder aufgreifen. Und wir beliefern mit unserem Pionierdenken heutzutage nicht umsonst beinahe die gesamte, langsam aufgerüttelte, kulturell fortschrittliche Welt. Darum sage ich immer wieder: Man sollte nie vorzeitig das Handtuch einer natürlichen Wiederbelebung werfen.«

Eigentlich war es ja viel zu warm für weihnachtliche Überlegungen. Das passte aber in die Planungen des Unternehmens, das noch im Dezember alle Werbemaßnahmen abschließen wollte. Im letzten Monat des Jahres erstrahlte das ganze Gelände im weihnachtlichen Outfit vor der Kraft vermittelnden Alpenkulisse. Schöne Girlanden aus täuschend echten Tannenzweigen mit Schneeauflage aus der Sprühdose vertieften die festliche Stimmung. Gleich mehrere unterschiedlich ausstaffierte, unbrennbare Christbäume erfreuten die zahlreichen Eltern und sonstige vernünftige Erziehungsberechtigte. Sie standen mit ihrem Nachwuchs an den vielen, ausgeklügelten Neuerungen, um ihren Kindern spielerische freie Entfaltung an den innovativen Geräten zu lassen.

Die üppigen Christbäume zeigten tolle Möglichkeiten ästhetischer, ja fast sakraler abendländischer Kultur auf. Ganz in Silber, ganz in Gold, aber auch im tiefen Tannengrün, und zum Kontrast ein herrliches Weinrot oder sattes Hellblau, so zeigte sich die geschmackvolle Dekorationsvielfalt der germanisch-christlichen Symbole. Und natürlich war mit den aufgesteckten elektrischen Kerzen überhaupt nicht gespart worden, auch wenn die Sonne beinahe wärmend, wenn auch schon in tieferer Lage, vom Himmel lachte. »Das haben wir der unausweichlichen Klimaerwärmung zu verdanken«, meinte der kundige technische Leiter der Spielgerätefirma lakonisch.

Die ziemlich natürlich flackernden Halogenlichter glänzten mit den doch rarer gewordenen Sonnenstrahlen um die Wette. Dazu erklang ursprünglicher, unverfälschter, echt bayerischer Heimatsound. Drei-, Vier- und Mehrgesang stimmte die Besucher auf die bevorstehende hohe Zeit fröhlich ein. Auch die übliche Tonverstärkung war beinahe im trauten Rahmen geblieben und nicht zu stark in den Vordergrund gerückt. Sonst gewohnter, ohrenbetäubender Pop- und Heimatsound konnte doch ziemlich abgemildert werden. Ein Hackbrettsolo und schöne Bläsersätze unterstrichen die feierliche Stimmung. *Vom Himmel hoch, da komm ich her,* klang die frohe Botschaft in den mild-winterlichen Spätnachmittag hinaus. Das war wirklich tröstlich, obwohl man momentan leider noch auf das Christkind etwas warten musste. Es lauerte aber sozusagen bereits reisefertig oben im strahlenden Himmel.

Zwischendurch zeigte eine kleinere Gruppe versierter Schuhplattler und Goaßlschnoizer abwechselnd ihr heimatlich verankertes Können. Gesang und Musik strömten unter dem ausladenden Vordach einer urigen Krippe im bayerischen Gebirgshüttenstil hervor. Das Holzschindeldach war originell mit

Felsbrocken beschwert, wie sonst nur noch auf der früheren Alm üblich. Diese historisch naturgetreue Hütte enthielt auch gleichzeitig das Pressezentrum mit den Computern, und mehrere fachkompetente Vertreter der Firma standen zur näheren Erläuterung und Preisgestaltung sowie eingehender Führung bereit. Das Geschäft boomte. Die Handys klingelten, krähten, furzten und sangen fast ununterbrochen, je nachdem, welchen Rufton die fleißigen Mitarbeiter ihren kleinen Kommunikationsmaschinen beigebracht hatten.

Und dann erschien der Unternehmer des Betriebes in modisch grüner Loden- und Trachtenbekleidung sowie in Begleitung eines höheren Politikers, der aber zunächst nur huldvoll winkte. Ein ansehnlicher Gamsbart zitterte leise auf seiner original Tegernseer Kopfbedeckung wie eine Antenne mit Verbindung ins Transzendentale. Als Hauptmann der Gebirgsschützen wusste er sehr wohl um die Wichtigkeit seiner repräsentativen Erscheinung zu solchen Anlässen. Schließlich war seine Wiederwahl schon länger nicht mehr durch Erbrecht geregelt. Die Spannung stieg.

Dann ergriff er markig das Wort: »Unser innovativer Mann und Inhaber dieser Firma an meiner Seite vertreibt inzwischen seine Spielplatzausrüstungen tatsächlich beinahe weltweit. Zumindest in den meisten christlich zivilisierten Ländern turnen, spielen, kriechen und kraxeln Kinder der verschiedensten Schattierungen und Hautfarben, aller Arten und Größen begeistert an den Ausrüstungen *made in Bavaria.* Wir sind sehr stolz darauf.«

Nun trat der aufgeschlossene Unternehmer persönlich mit einem Anliegen, das gerade vor Weihnachten in ihm herangereift war, an die zahlreich anwesende Öffentlichkeit. Er verkündete über den gedämpften Lautsprecher allen verblüfft lauschenden Eltern:

»Mit einer ganz herzlichen, adventfrohen Begrüßung möchte ich ihnen eine Entscheidung unserer Betriebsleitung näherbringen. Und zwar suchen wir für die Zukunft zum Austesten der allerneuesten Spiel-, Balancier-, Kriech- und Klettergeräte eine kleine, sportliche Kindermannschaft. Das erfolgt sozusagen mit einem Olympiahintergedanken.

Unser Wetter scheint beständig zu bleiben. In wenigen Tagen, am Samstag, ab 11 Uhr Vormittag, soll ein großer Wettbewerb stattfinden. Bringen Sie Ihre Kinder wieder mit. Vielleicht fällt die Wahl ja auf Ihren Sprössling oder Ihre Tochter. Jedenfalls werden alle Teilnehmer zum Dank ein kleines Geschenk bekommen. Die Gewinner des Wettbewerbs im Klettern, Balancieren und Schnellkriechen erhalten einen Vertrag mit entsprechender Prämie. Es soll auch ein Verkaufsvideo erstellt werden, in dem die jungen Tester an unseren Geräten agieren und zeigen dürfen, wie vielfältig unser Programm ausgestattet ist. Auch Fernsehen, Presse und Vertreter der Spielplatzentwicklung vieler Gemeinden haben sich angekündigt.«

Oben am römisch-limesmäßigen Holzkletterturm, ebenfalls aus echtem, natürlichem Berglärchenholz, kam in diesem Augenblick der heilige Nikolaus zum Vorschein. Er trat mir nichts, dir nichts aus dem ersten Stock hervor. Beinahe überirdisch wirkte er, voll ausgerüstet mit Stab und hoher Goldmütze. Seine Insignien glänzten und strahlten im schrägen Licht. Kühn und forsch beabsichtigte er sozusagen direkt vom Himmel herab auf der Edelblechrutsche ins Irdische zu driven. Die Erdenkinder staunten erfreut und erwartungsvoll.

Leider verhedderte er sich mit seinem goldverbrämten Mantel. Der zerriss noch dazu ziemlich stark, und der schöne Bischofsstab geriet ihm zwischen seine schlaksigen Haxen. Kopfüber, mit der Nase voraus, strebte er geschwind dem Erdboden zu.

Doch schnell, so als ob nichts gewesen wäre, rappelte er sich auf und verschwand umgehend, indem er noch in der üblichen Nikolaussprache sein hoheitsvolles, melodisches, dreifaches »Hooo« erschallen ließ. Die meisten Kinder waren vom Zirkus her solche Späße gewohnt und applaudierten heftig sowie unter herzlichen Jubelrufen. Im jugendlichen Alter geht glücklicherweise die Clownerie, vor allem die unfreiwillige, noch über alles.

Zu seinem großen Glück war der heilige Nikolaus mit kleineren Blessuren davongekommen. Hinter der Almhütte musste er aber leider eine Schimpfkanonade seitens des Unternehmertums und der Politik über sich ergehen lassen.

Das verlockende Angebot eines Wettbewerbs ließen sich viele Eltern nicht zweimal machen. Jeder ist doch erpicht darauf, seinem Nachwuchs alle erdenklichen Möglichkeiten zu bieten. Noch dazu wenn sogar das Fernsehen mit von der Partie ist.

Der Huberbauer und seine Frau, die Amalie, meldeten umgehend ihre aufgeweckten Kinder, die Luise und den Friedl, für den Event an. Die Mutter verkündete stolz: »Wer weiß, vielleicht werdet ihr sogar als Youngsters für einen Film oder eine Castingshow entdeckt. Das passiert doch immer wieder einmal.«

Der nächste Tag folgte dem vorigen in frühlingshafter Weise, ja fast noch einmal ziemlich warm. Doch die Temperatur fiel plötzlich und unvorhergesehen in der folgenden Nacht heimlich, langsam, aber stetig und dabei völlig überraschend. Der plötzlich stark bedeckte Himmel öffnete bösartig seine Schleusen in Form eines gewaltigen Schneetreibens. Mir nichts, dir nichts häufte sich die weiße Pracht immer höher, und als der Huberbauer am Morgen aus dem Fenster lugte, rieb er sich erstaunt seine Augen. »Amalie«, rief er traurig. »Nix wird's mit dem Fernsehen morgen. Es hat mindestens einen Meter geschneit.«

Die gesamte Familie war an das Fenster getreten, und alle Gesichter zogen sich in die Länge. Drüben am Spielplatz mit den neu installierten tollen Geräten war mindestens genauso viel Neuschnee gefallen wie herüben, und alle Geräte fanden sich fest eingepackt in den weißen Mantel der Überraschung wieder. Es schneite zwar noch leicht, aber dann brach die Sonne hervor und beleuchtete die gesamte Misere. Vorläufig war immerhin Schluss mit der unwillkommenen Bettenausschüttelung von Frau Holle.

Mutter Amalie rief sofort bei der Spielgerätefirma an. Eine kompetente, offensichtlich zuständige Dame verkündete ungerührt: »So wie es aussieht, wird der für morgen geplante Event leider gecancelt. Wahrscheinlich müssen wir verschieben. Auf das neue Jahr.« Die gesamte Familie zog sich daraufhin tief getroffen zur Beratung ins Wohnzimmer zurück.

Der Friedl, der aufgeweckte Bub mit seinen acht Jahren, ließ sich aber durch die unvorhergesehenen Tatsachen nicht so leicht ins Bockshorn jagen: »Wozu habe ich denn dann gestern noch die ganze Zeit trainiert? Ich glaub, so schnell wie ich kriecht niemand durch das Labyrinth. Und klettermäßig bin ich bestimmt der Allerschnellste überhaupt. Auch die Schwebesachen habe ich locker und schnell geschafft.«

Die etwas ältere Luise hatte bereits des Nachts von einer großen Karriere als Model geträumt und sich schon einmal probeweise sowie fachfraulich geschminkt und gestylt. An den Vater, den Huberbauern, gewandt, kam ihr plötzlich, der Situation voll entsprechend, ein konstruktiver Einfall: »Du hast doch erst kürzlich einen Laubbläser gekauft, wegen der Menge Laub, das unsere Bäume immer wieder herunterwerfen, kaum dass der Herbst eingetroffen ist, oder?« Auch Mutter Amalie munterte sofort ihren noch etwas unschlüssigen, zaudernden Ehegespons auf zu frischer Tat: »Auf geht's, raus mit unserem teuren neuen Gerät.«

Und so holte der Vater mit dem begeisterten Friedl die Blasröhre sozusagen aus dem Winterschlaf hervor. Einmütig zog die gesamte tatendurstige Familie zum Spielplatz hinüber. Der Huberbauer erweckte das Gerät, das sofort unzählige Dezibel aufheulen ließ, zu seinem ohrenbetäubenden Leben.

Ein unüberhörbarer, gesunder Lärmpegel breitete sich aus. Er erschütterte das gesamte Gefüge des stillen, vorher beschaulichen Adventstages. Der Nachbar vom fünf Kilometer entfernten Bauernhof schloss eilig sowie grantig das Schlafzimmerfenster. Die gesamten Huberbauernfamilienmitglieder rückten in feierlicher Prozession, zusätzlich mit Besen und Schaufeln ausgerüstet, dem Spielplatz sowie der weißen Pracht nachhaltig zu Leibe. Sie wankten und wichen nicht, bis auch beinahe die letzten Schneeflocken das Zeitliche gesegnet hatten.

In den leuchtenden Augen der Huber glomm ein Feuer von Rechtschaffenheit und Aufgabenbewältigung. Und schon zogen die erfolgreichen Kämpfer zurück in ihr trautes Bauernhaus. Der nächste Griff galt dem Telefon. Wieder erreichten sie umgehend die kompetente, zuständige Dame. Der vor Stolz strotzende Huberbauer, Familienoberhaupt und Clanführer, verkündete: »Schauen Sie bitte schön mal zum Spielplatz hinüber. Da ist doch der ganze Schnee von uns zum Teufel geblasen worden. Ihrer geplanten Veranstaltung steht nix mehr im Weg, und sie kann pünktlich beginnen.«

Leider jammerte die Luise, die am Fenster stand, in diesem Moment: »Jetzt fängt es doch tatsächlich wieder an, das verdammte Schneien. Noch dazu gewaltig.«

Friede sei mit euch

So gut wie zu keinem anderen Anlass treten die Differenzen und die unterschiedlichen Charaktere der Menschen so gehäuft zutage wie beim Eintreffen des Weihnachtsfestes. Das Fest des Friedens unter dem trauten, trefflich geschmückten Tannenbaum hat schon so manche fest gefügte Lebens-und Verwandtengemeinschaft aus der eingefahrenen Bahn hinausgeworfen. Sogar Feindschaften haben unumwunden ihren Weg in diese Verbindungen gefunden.

Da kommen in der Hektik und Außertourlichkeit dieses Events manch unerwünschte Eigenschaften unserer Mitmenschen ans Licht. Hier zeigt sich oft das wahre Gesicht hinter einer sonst mühsam aufgebauten, ja christlich-freundlichen Fassade.

Ein feines Gespür für die Entstehung von Streit- und Zwistabfolgen entwickelt insbesondere der jüngere Mensch bereits im relativ frühen Alter. Ja, man kann da oft von prophetischen Vorahnungen sprechen.

Ein Bekannter von mir, der mit einer durchaus netten Verwandtschaft üblichen Zuschnitts gesegnet ist, hat inzwischen sein großzügiges Einladungsverhalten anlässlich des Christfestes stark infrage gestellt. Denn das Bestreben, immer an Weihnachten ein beschauliches Treffen in seinem wohlhabenden, umfangreichen Haus zu veranstalten, hatte nach und nach eine unangenehme Wendung heraufbeschworen. Und der minderjährige Sprössling, der Benni, ein Teenager von 14 Jahren, war in seiner unverdorbenen Vorausschau bereits vor dem Eintreffen der Verwandten ziemlich genau in die richtige Einschätzung des Kommenden eingedrungen.

»Solange gesungen und gespeist wird«, erklärte er, »verhalten sich alle einigermaßen zivilisiert. Ich wette, der Onkel Martin hat wieder ein neues Buch geschrieben über die Harmonie des Zusammenlebens. Und alle bekommen zur Bescherung vom Christkind eines ab. Nachher wird er sich wieder volllaufen lassen und mit der Tante Adelheid, seiner Frau, einen verheerenden Streit anfangen. Sie wird dann sagen, dass sie sich gleich nach Weihnachten eine Scheidung überlegen muss. Dann werden alle beruhigend auf die zwei einwirken. Der Onkel Martin trinkt schnell noch ein paar Schnäpse extra, bis er zu weiteren Aggressionen kaum mehr fähig ist. Wenn er anschließend ins Bett bugsiert wird, beruhigt sich auch die Tante Adelheid wieder und tritt vom Scheidungsgedanken vorläufig, bis nächstes Weihnachten, zurück. Der Onkel Martin ist ja auch sonst ein rechter Rüpel. Er provoziert vor seinem Ausfall noch die Angehörigen so heftig wie irgend möglich. Dabei gibt er sich wichtig, salbungsvoll und freundlich. Das macht ihn so beliebt.«

Diese Prognose konnte der Benni bereits Anfang Dezember vorausschauend abgeben. Seine Eltern waren natürlich nicht so erbaut darüber und wollten das nicht wahrhaben.

Schneller als erwartet war das Jahr zusammengeschrumpft. Und so nahte Weihnachten wieder unabwendbar. Die Hausfrau stöberte, putzte und krempelte beinahe das ganze Haus für die drohenden Feiertage und ihre lieben Gäste um.

Schon war der Heilige Abend am Tag vorher im kleinsten Familienkreis feierlich und einigermaßen problemlos ausgebrochen und verlaufen. Nur die gut gemeinte Bescherung hatte die in sie gesetzten Erwartungen etwas verfehlt. Da staunt man doch immer, wenn man etwas erhält, was man absolut nicht braucht. Ein Erster Feiertag erscheint dann umgehend sowie kalendermäßig, und die Umtauschmöglichkeit lässt auf sich warten.

Kurz darauf ging es los. Der Benni verkündete, aus dem Fenster schauend: »Jetzt kommt der Egoist, der liebe Opa mit der guten, nörgelnden Omama. Der wird gleich loslegen mit seiner Unzufriedenheit.«

Und so kam es auch. Unwirsch stellte der Gast zur Begrüßung fest: »Da habt ihr ja wieder ein sauberes Sauwetter für die Festtage bestellt! Immer dieses Schneetreiben!«

Und die Omama: »Hat denn der Benni-Bub immer noch so schlechte Noten? Wie soll er denn da im Leben vorwärtskommen? Da kann er doch höchstens noch Straßenkehrer werden!«

Der Benni-Bub ist erschienen, grinsend, grüßt besonders artig und korrigiert: »Liebe Omama, es gibt keine Straßenkehrer mehr. Sonst würde ich mich sofort bewerben. Ein schöneres Leben in der freien Natur könnte ich mir ja gar nicht vorstellen.«

Aber schon ist die gute Mutter des Benni-Buben im Visier: »Diesmal koche ich, meine liebe Marlene. Du sollst auch einmal ausspannen an den Feiertagen.«

Die Marlene-Tochter hat aber nicht nur großzügig eingekauft, sondern auch penibel einen Speisenfolgeplan für die Festtage ausgearbeitet. »Liebe Mutter, jetzt setzt euch erst einmal. Ihr werdet ja sicher müde und abgespannt sein von der Anreise, oder?«

Der Vateropa: »Die paar Hundert Kilometer fahr ich doch in einem Rutsch durch! Wer soll denn da müde werden?«

Doch da muss die Omama sofort korrigieren: »War da nicht gleich nach der Einfahrt in die Autobahn schon der endlose Stau? Oder nicht? Da ging ja überhaupt nichts mehr mit deinem Rutsch. Du hast doch nur noch geflucht. Und – wärst du nicht später unter der Fahrt beinahe eingeschlafen, wenn ich nicht aufgepasst hätte?«

Der bedenklicher werdende Dialog wird glücklicherweise durch ein Hupkonzert unterbrochen. Der Flocki, der Dackelhund des Nachbarn, heult als Antwort im Garten drüben gepeinigt auf. Das Hunderl ist sehr lärmempfindlich.

Der Onkel Martin kündigt sich immer so an, weil das ja sonst verkehrsmäßig streng verboten ist. Man soll doch merken, dass er angekommen ist. Und schon schimpft die Tante Adelheid, seine Angetraute, lautstark hinter ihm: »Musst du denn immer dein dämliches Gehupe loslassen?«

Dann treten sie, schon leicht gereizt, ins Haus. Der Benni-Vater kredenzt zunächst allen lieben Eingetroffenen einen Birngeist. Der Onkel Martin schenkt sich, kaum ausgetrunken, gleich einen weiteren selbst ein. Einen Doppelten. Er schlürft und schmatzt behaglich: »So was Mildes. Da merkst du gar nicht, dass es ein Schnaps ist.«

Die Tante Adelheid mahnt: »Hör lieber auf, sonst bist du jetzt schon gleich wieder betrunken.«

Alle wenden sich dann einem Neuankömmling zu. Es ist der Prälat Kümmerling, ein jovialer Mann und gern gesehener Gast des Hauses. Er hatte, als er noch weniger an Demenz litt, das Gastgeberpaar getraut. Während er alle mit Handschlag herzlich begrüßt, schenkt sich der Onkel Martin schnell noch unbemerkt einen weiteren Geist der Birnen ein.

Entspannt und gesprächig sitzt man dann im Wohnzimmer und freut sich über den Ersten Weihnachtsfeiertag. Eine unverhohlene Wiedersehensfreude greift zunächst friedlich um sich. Die Versuche der Omama, mittels weihnachtlicher Ohrwürmer und gesanglicher Fertigkeit festlich auf den Anlass einzustimmen, sind von Erfolg gekrönt. Mehr oder weniger melodisch stimmt die gesamte Belegschaft mit hinein in den entsprechenden Liedervorrat.

Die künstlichen Lichter des Plastikbaumes strahlen belebend und traut in die Runde. Jovial und großzügig werden schöne Geschenke verteilt. Die wenigstens sind wirklich brauchbar. Der Onkel Martin ist vorübergehend verschwunden. Aber nur kurz, und schon trifft er mit einem Stapel Bücher wieder ein.

»Alle mal herhören. Die Harmonie ist doch wirklich eine höhere Gabe, oder? Ein gnädiges Geschenk Gottes, oder? Ich habe euch wieder mein neuestes Buch mitgebracht. Aus dem Eigenverlag. Es handelt von Familienglück, vom Sich-Verstehen und Sich-Achten. Titel: ›Respekt vor Mensch und Leben‹. Sozusagen ein höheres Kompendium zur Hilfe im Alltag.«

Sein zweites Bier geht bereits wieder zur Neige.

Der Prälat nickt milde vor sich hin und nippt kräftig am Rotweinglas, bis beinahe auch in der Flasche Ebbe vorherrscht. Er hört nicht mehr so hervorragend. Außer wenn er will. Noch bevor es draußen dämmrig wird, muss er dann aufbrechen, weil die Pflicht zur Predigt am Abend ruft. Er soll sich als Einspringer für den erkrankten Dienstpriester aus Polen vorbereiten. Mit seiner aufkommenden Demenz kann er nicht mehr so leicht wie früher aus dem Stegreif loslegen, ohne ein Debakel heraufzubeschwören.

Die Omama verschwindet in der Küche, und gleich darauf hört man: »Ich habe für das Abendessen zwanzig Wiener Schnitzel mitgebracht. In der Kühltasche. Die brate ich jetzt gleich.«

Die Hausfrau Marlene: »Mutter, setz dich wieder ins Wohnzimmer. Nimm deine Schnitzel wieder mit nach Hause. Ich habe das alles vorbereitet. Und das Kochen in meiner Küche ist einzig und allein meine Aufgabe.«

Da mault die Omama aber kräftig: »Du hast doch nie so richtig kochen gelernt. Deine Noten in der Haushaltsschule waren auch nicht gerade umwerfend.« Sie muss jetzt aber auch unbedingt einen Birnschnaps zur Beruhigung verkosten.

Der Opa grantelt: »Ich hab dir gleich gesagt, dass du die Schnitzel daheim lassen kannst.«

Anschließend wird wieder etwas gesungen, erschwert, weil die Omama aus Frust die Stimmführung verweigern muss.

Der Onkel Martin lallt bereits etwas, nach dem fünften Bier: »Ich zitiere jetzt ein paar mark…, mark…, markante Stellen aus mei…, meinem Bestsellerer.«

Aber noch bevor er loslegen kann, schrillt die Tante Adelheid heftig: »Du gibst jetzt eine Ruhe, du Suffkopp!«

Da wird der Onkel Martin aber allmählich ungehalten: »Bücher sofort wieder her, aus, Bande!«

Opa und Omama bringen den stark Protestierenden mühsam in den ersten Stock und in Ruhestellung. Ein trügerischer Friede ist eingekehrt. Aber noch nicht bei der Tante Adelheid. Sie stellt wieder einmal fest: »Wie soll man das aushalten? Da muss man doch an eine Scheidung denken!«

Der Benni-Bub starrt seit geraumer Zeit auf sein Smartphone. Von Zeit zu Zeit gibt dieses in Form von eigenartigen Lauten ein Lebenszeichen von sich. Er weiß schon, warum man in der digitalen Welt ganz gut leben kann, gerade an hohen Feiertagen. Mit und ohne schlechte Schulnoten.

Nun kommt wieder wer daher durch den Garten. Etwas verwirrt. Es ist der schwerhörige Prälat: »Ich glaube, ich habe mein Predigtmanuskript bei euch liegen lassen.«

Alles sucht, niemand findet. Der Onkel Martin hat es unbemerkt, wenn auch mühsam, wieder über die Treppe nach unten geschafft und will dem Pfarrer helfen: »Kümmerlein, nimm doch m..., m..., mein Buch. Jedes Kap..., Kap..., Kapitel ei..., eine Predigt!«

Der Prälat entfleucht jedoch postwendend, unverrichteter Dinge, nicht minder verwirrt, und findet glatt hinaus. Nur im Garten muss er sich länger orientieren, bis er das Tor gefunden hat. Vorher war er noch versehentlich gegen das Gewächshaus gerannt.

Da sagt doch der Benni-Bub frech: »Wer geht mit? Heute Abend. In die Predigt. Das wird doch bestimmt ein Happening!«

Einzig der Papa, der Hausherr, lacht verstohlen. Doch die Omama hat es sofort bemerkt und rügt den verschmitzten Schwiegersohn: »Du darfst doch den Benni-Buben nicht auch noch unterstützen in seiner Respektlosigkeit!«

Nun reißt aber unverhofft, zum ersten Mal in seinem Leben, dem Hausherrn der brüchig gewordene Geduldsfaden. Zum Erstaunen seiner lieben Marlene sowie aller anderen verkündet er beinahe herzlich, aber nachdrücklich: »Ihr lieben, guten Verwandten, wie froh bin ich doch, wenn ihr spätestens übermorgen, vielleicht sogar morgen schon, wieder alle aus dem Hause seid.«

Betretene Pause.

Der Onkel Martin klettert mühsam wieder die Treppe hinauf. Die Tante Adelheid schimpft hinterher: »Schlaf deinen Rausch aus, du Suffkopp.« Und dann, schwer beleidigt: »Ich habe es schon bemerkt.

Wir sind hier unerwünscht. Gleich morgen früh sind wir dahin.«

Auch die Omama kann ihren Frust nicht mehr länger zurückhalten: »Da zieht man unter schwierigsten Verhältnissen eine Tochter groß. Und das ist dann der Dank vom Schwiegersohn!« Und der Benni-Bub muss auch darunter leiden, weil die Omama bereits in Fahrt ist: »Nur noch schlechte Schulnoten!«

Draußen schneit und stürmt es gewaltig. Einzig der mürrische Opa will einen Rest von Weihnachten und Frieden bewahren: »Wenn ihr schon im Freien so ein Sauwetter bestellt habt, sollte man doch wenigstens hier drinnen ein besseres Wetter verbreiten. Ich brauche sofort einen doppelten Birnschnaps!«

Das automatische Weihnachtsgeld

Ein beginnender Lehrbub mit kaum 14 Jahren auf dem Buckel, so wie ich damals einer war, musste sich in früheren Zeiten schon sehr bemühen. Da wurde einem so gut wie nichts geschenkt. Nicht einmal zu Weihnachten. Höchstens ein billiges, dämliches Fachbuch. Wobei ich solche theoretischen Abhandlungen immer schon ungern konsumierte. Abgesehen von der langen Arbeitszeit und dem ziemlich schikanösen Gehabe des sogenannten Lehrherrn war es fast unmöglich, einige frohe, entspannende Momente im Ablauf des strengen Arbeitstages zu finden.

Doch solche Momente stellten sich dann eines schönen Tages beinahe von selbst ein, als der öfter unangenehm gewordene Meister – ich habe es an anderer Stelle schon erwähnt – für einige Zeit aus eigenartigen Gründen im Krankenhaus verschwunden war. Als Schriftsetzerlehrling nach etwa einem Jahr, der auch noch das Drucken so nach und nach gelernt hatte, war ich über Nacht zu einem freien, selbstständigen Unternehmer und sogar Leiter des Betriebes geworden – momentan nur noch eines

Ein-Mann-Betriebes. Dieser eine und wichtigste Mann war kein anderer als ich selbst. Da gratuliert man sich schon, wenn plötzlich das Leben eine so wunderbare Wendung nimmt.

Die sogenannte, nicht besonders gut ausgerüstete Druckerei befand sich im Nebenraum einer heruntergekommenen Gastwirtschaft. Trotzdem bin ich nie zum Alkoholiker geworden, was nicht besonders schwer gewesen wäre.

Zu dieser Zeit kam es, dass man in sämtlichen Spelunken und Wirtshäusern Spielautomaten, später einarmige Banditen genannt, aufstellte. So auch im Gastraum neben meinem Wirkungsbereich.

Mein Verdienst im ersten Lehrjahr war ja wirklich schauerlich gering. Da musste ich unbedingt aufbessern, so dachte ich naiv. Wozu ist denn der neue, interessante Spielautomat sonst installiert worden? Unglücklicherweise verfiel ich dadurch in einen unberechenbaren Spieltrieb, denn nun erschien ich, weil ich ja zurzeit ein freier Mann war und noch dazu unmittelbarer Anlieger, immer öfter in der Wirtschaft. Die Druckaufträge liefen mir ja nicht davon, auch wenn sie sich unkontrolliert vermehrten.

Ich wurde richtig abhängig von diesem Teufelsding, das natürlich so konstruiert war, dass ich in kürzester Zeit immer wieder mein kleines Einkommen verspielen musste. Das ging nun umso leichter, weil ja der Meister in diesen Tagen im Krankenhaus keinen Zugriff auf meine Zeitgestaltung hatte. Der Wirt, der Simmerl, wusste um die Tücken des Automaten. Er warnte mich vergeblich: »Da wirst du niemals Glück haben. Da verlierst du auf längere Sicht immer wieder.« Das war ja nett von ihm, partizipierte er doch selbst ganz ordentlich daran.

Immer wenn der Automatenmann kam, um den übervollen Kasten auszuleeren, saßen die beiden anschließend gemütlich beieinander und zählten genüsslich den Gewinn, der auch aus meinen Zehnerln bestand. Sozusagen auf meine Kosten prosteten sich die beiden schmunzelnd mit Hochprozentigem zu. Der Kasten war nicht nur von mir immer wieder stark frequentiert worden. Er rentierte sich hervorragend.

Ich vernachlässigte die Druckaufträge immer mehr und sann brütend darüber nach, was zu tun wäre, um mein Geld wieder zurückzuholen, wobei ich ständig weiter verlor. Es ging schon im Eiltempo auf Weihnachten zu. Nur noch ganz wenige Tage, und schon sollte wie jedes Jahr das gute Christkind wieder auf Erden sein. Ein ausladender Christbaum prangte bald neben dem Spielautomaten. Aber in mir kam keine frohe Stimmung auf. Pausenlos beschäftigte mich meine Spielsucht, wobei ich wütend auf Abhilfe sann.

Ich durchbohrte ein Zehn-Pfennig-Stück und ließ es an einem feinen Draht vorsichtig in den Automatenschlitz gleiten. Dann zog ich in großer Vorfreude den Hebel nach unten. Es knackte. Der Draht war gerissen und auch dieses präparierte Zehnerl im gierigen Rachen des Ungetüms verschwunden. Traurig spielte ich weiter und gewann sogar vorübergehend ein paar Mark. Sofort nahm ich mir unumstößlich vor, jetzt ein für alle Mal mit dem fatalen Teufelskreislauf Schluss zu machen. Ich dachte an eine bekannte Familie, deren Oberhaupt und Ernährer sogar das hübsche Einfamilienhaus im Grünen verspielt hatte. Mein vorsorglicher Vater warnte damals, tief beeindruckt von dieser Misere: »Dass du mir ja nicht eines Tages zum hoffnungslosen Spieler wirst!«

Sah er mir schon damals einen Hang zu dieser geringen Selbstbeherrschung an? Sollte ich bereits auf dem gleichen Suchttrip wandeln wie der unglückliche Häuschenverspieler? Unwiederbringlich? Auch wenn ich natürlich noch kein einziges Häuschen im Grünen besaß? Doch wenn das so weiterging, sah die Zukunft trübe aus. Schluss damit!

Der starke Vorsatz wirkte sofort. Aber nur bis zum nächsten Tag. Zuversichtlich und voller Optimismus machte ich mich gleich wieder ans Werk, bis das letzte Zehnerl im gierigen Bauch des Ungetüms verschwunden war. Traurig und unkonzentriert widmete ich mich kurzfristig dem höher werdenden Stapel der unerledigten Aufträge. Ich war jedoch verständlicherweise nicht einmal halb bei dieser Sache. Und gerade in unserer Branche ist es schnell passiert, dass der Druckfehlerteufel hämisch sein Unwesen treibt. Das galt es auf alle Fälle zu vermeiden.

Zwischendurch reklamierten viele unzufriedene Kunden die sich immer weiter verschiebenden Liefertermine ihrer Druckaufträge. Ich vertröstete sie mit mehr oder weniger fadenscheinigen Ausreden. Mein Glück bestand dabei darin, dass so kurz vor Weihnachten die Konkurrenz mit allem möglichen Kram wie Weihnachtskarten und Neujahrsgrüßen vollständig ausgebucht war. Diese Gepflogenheit des Herumgrüßens und Gutes-neues-Jahr-Wünschens betrachtete ich damals sowieso als sinnlos. Es kommt ja trotzdem immer genau so, wie es kommen muss, oder?

An einem dieser tristen Tage des zusammengeschrumpften Jahres strömten im für mich problemlos zugänglichen Gastraum bereits Weihnachtslieder feierlich aus dem ständig laufenden Radio, und der Christbaum wurde schon mehrmals probeweise kerzenmäßig beleuchtet. An diesem Tag änderte sich die Sache endlich zum Guten.

Obgleich ich zunächst wieder einmal alles verspielt hatte und mir sogar der Wirt, der Simmerl, mit ein paar Zehnerln leihweise beigesprungen war, kam nun völlig überraschend die überwältigende Zeit des Geldregens und Kassierens auf mich zu. Ich kann jedoch vorausschickend gleich bemerken, dass ich deswegen keinesfalls durchgedreht habe wie diese Lotto- und Totokönige. Meine Pläne blieben immer bescheiden.

Zunächst hatte mich also wieder eine Pechsträhne bis zum letzten Zehnerl ausgezehrt. Vor Frust und Enttäuschung schlug ich, während sich die drei Scheiben mit den unterschiedlich eingefärbten Ziffern drehten, genervt und zornig gegen den Apparat. Die letzte Scheibe blieb dadurch urplötzlich stehen. Es war tatsächlich der ersehnte Einser auf schwarzem Grund erschienen. Das bedeutete Gewinn. Zehn Zehnerl sprudelten klimpernd in den metallenen Geldauffangbehälter. Das war wie der Klang aus höheren, weihnachtlichen Sphären.

Zunächst schlich ich wieder in die Druckerei hinüber und sammelte mich aufgeregt, sozusagen zum entscheidenden Test und Angriff. Langsam, aber sicher keimte in mir eine Überzeugung auf, und leise murmelte ich vor mich hin: »Das ist die Lösung!« Und vielleicht war sie es wirklich. Ich bin ja nie der Typ gewesen, der sich sofort unkritisch losfreut. Mit den letzten drei Münzen, die ich in der Hosentasche übersehen hatte, wollte ich umgehend zuschlagen. Ich war sehr gespannt, fast beinahe bis zum Zerreißen, wie es so schön heißt.

Gerade als ich mein Glück, diesmal gezielt und berechnend, herausfordern wollte, schrillte das störende Telefon unangenehm dazwischen. Ich ärgerte mich, dass ich nicht schon weg war. Ein aufmüpfiger Kunde polterte los, ohne überhaupt vorher anständig zu grüßen: »Wenn bis morgen meine Briefbögen nicht da sind, gehe ich zur Konkurrenz!«

Das irritierte mich überhaupt nicht. Freundlich und souverän entgegnete ich: »Grüß Gott, Herr Brandl. Ein besonders dringlicher Großauftrag hat bis gestern unsere sämtlichen Maschinen blockiert. Aber nun sind wir gerade dabei, Ihre Briefbögen zu fertigen. Sie werden umgehend beliefert! Noch tausendprozentig sicher, bevor dieses alte Jahr sich gänzlich verabschiedet hat!«

Dabei wusste ich ziemlich genau, dass der erboste Nörgler sicher schon andere Druckereileute mit seiner Eile genervt hatte. Außerdem war ich erstens als Einziger der zurzeit nicht vorhandenen sonstigen Belegschaft vollkommen überlastet, und zweitens bestand unser gesamter Maschinenpark lediglich aus zwei kläglichen Geräten älterer Bauart. Wobei die besonders ältere, eine mühsam zu bedienende klapperige Boston-Handpresse, kaum als vollwertig einzustufen war. Und auch die langsam auf- und zuklappende halbautomatische Tiegeldruckpresse einer Leipziger Maschinenbaufirma eignete sich keineswegs für Schnellschüsse oder gar höhere Auflagen. Das hätte ja mit dem Vorkriegsbaujahr ewig gedauert. Da noch dazu der Handabweiser nicht funktionierte, ließ ich sie nur mit geringster Geschwindigkeit laufen. Es musste ja nicht unbedingt ein Stress aufkommen oder gar eine gesunde Hand dran glauben. Das war mir diese ganze Sache wirklich nicht wert.

Indem ich solchermaßen mein hin und wieder pochendes Gewissen beruhigte, wechselte ich gespannt in den Gastraum hinüber. Eifrig machte ich mich an die praktische Überprüfung meiner bahnbrechenden Entdeckung.

Das erste Zehnerl fiel in den Münzschlitz, und los ging das hoffentlich richtig vorhergesehene Abenteuer. Der Hebel wurde erwartungsvoll, ja fast genüsslich, nach unten gezogen. Könnte ich diesem Mistapparat endlich seine Geldgier austreiben? Die Scheiben rotierten, und die bunt eingefärbten Ziffern sausten munter am Sichtfenster vorbei. Die zwei vorderen Scheiben kamen nach und nach zum Stehen, waren aber meistens nicht ausschlaggebend für einen Gewinn. Auf die dritte kam es fast immer an. Der rote Einser auf schwarzem Grund konnte im Vorbeisausen deutlich ausgemacht werden. Aufgeregt stellte ich schon bei den ersten Experimenten fest, dass diese ausschlaggebende Ziffer genau drei Mal vorüberhuschen musste. Dann ein kurzer, unauffälliger Handkantenschlag gegen die Unterseite des Sichtfensters wie aus dem Lehrbuch für die Selbstverteidigung durch Jiu Jitsu, und: Wie durch ein Wunder war die richtige Ziffer erschienen.

Der Einser auf schwarzem Grund wurde ab sofort mein ständiger Freund und Glückskamerad. Es bedurfte nur der genauen Abstimmung für den gezielten Stoß. Mein Augenmaß erwies sich dabei als hervorragend. Das Geld sprudelte nur so, während der Wirt am Schanktisch zugange war. Er wusste noch nicht, dass ich ab sofort meine Verluste umgehend zum Versiegen bringen würde. Besänftigend rief er herüber: »Wenn du so weitermachst, verlierst du noch alles, bis auf dein Unterhemd.«

Ich überschlug im Geiste, wie viel das unersättliche Gerät und damit auch der Simmerl schon auf meine Kosten geschluckt hatte. Und diese erkleckliche Summe würde bald zu meinen Gunsten der Vergangenheit angehören. »Dann bist du nur noch auf der glücklichen Gewinnerfährte«, dachte ich beinahe zu laut. Aber niemand achtete auf den Druckerlehrling im grauen Arbeitskittel. Keiner sah mir den zukünftigen Reichtum an. Die anderen Gäste spielten Karten oder unterhielten sich lautstark. Ein paar Krakeeler waren ja immer zugange. Da fiel meine neu gefundene, wirksame Taktik überhaupt nicht auf. Die Lösung war endlich entdeckt. Über kurz oder lang wäre ich ein gemachter Mann. Eher schon über kurz.

Fröhlich arbeitete ich zunächst einige der längst fälligen Aufträge ab. Sogar die kürzlich reklamierten Briefbögen waren im Handumdrehen fertig.

Der unnötig aufgebrachte Kunde wurde umgehend besänftigt.

So nach und nach klimperte der Automat anschließend auch am Geburtstag des guten Jesus wieder munter ständig mehr Geld hervor. Ich recherchierte heiter, dass die Schulden, die mir der Automat bösartig beigebracht hatte, an diesem Weihnachtstag getilgt sein würden. Ab dem 24. Dezember – der Wirt war schon am frühen Vormittag mit weißem Hemd und Krawatte angetan, und wir schüttelten uns feierlich und mit den besten Weihnachtswünschen die Hände – konnte ich froh mein erstes automatisches Weihnachtsgeld kassieren. Dann wartete ich beinahe täglich schlau auf einen günstigen Zeitpunkt, wenn niemand auf mich achtete, weil die Unterhaltungen der Gäste aufgrund des Alkoholgenusses schnell, hitzig und lautstark geführt wurden. Da waren oft tätliche Auseinandersetzungen nicht zu vermeiden. Bei solchen unguten Anlässen verschwand ich immer wie der Blitz in meinem ruhigen Druckerkabuff. Es herrschte angenehme Ruhe im Refugium, und ich setzte, was das Zeug hielt, oder werkelte an den klapperigen Druckmaschinen.

Genau am 24. Dezember, dem Fest der Freude und des Friedens, gegen Mittag musste tatsächlich das Rote Kreuz einige verletzte Streithähne abtransportieren. Neben der stillen und heiligen Nacht strömte auch, zur turbulenten Szene passend, das wunderbare Lied aus dem Radiokasten:

Freude, große Freude leuchtet aus der Nacht,
Jesus hat den Frieden in die Welt gebracht.

Zorn und Streit muss nicht mehr sein,
Jesus macht uns frei und rein.

Nachdem auch wirklich wieder Friede in die Wirtschaft eingekehrt war, stieß der Wirt, der Simmerl, mit mir und einem Williams-Christ-Birnenschnaps erleichtert an: »Immer diese Rauferei, noch dazu an Weihnachten. Das muss doch nicht sein, oder?«

Ich pflichtete ihm bei, holte einen größeren Zehnerlbetrag hinter dem Setzregal hervor und freute mich auf das Kinoprogramm, das während der Feiertage besonders beeindruckend daherkam.

Es sollte richtig exotisch werden. Auch wenn die tollen Filme in Farbe und CinemaScope von der *20th Century Fox* offensichtlich wenig mit Weihnachten am Hut hatten. Es waren *Der Tiger von Eschnapur* am Ersten Feiertag und *Ewig singen die Wälder* am Zweiten. Und nach den Weihnachtsfeiertagen häuften sich die Zehnerl in meinem versteckten Winkel hinter einem Satzregal zu ansehnlichen Türmen. So reich war ich bisher noch nie gewesen.

Der Mond, in mattem Gold gewälzt

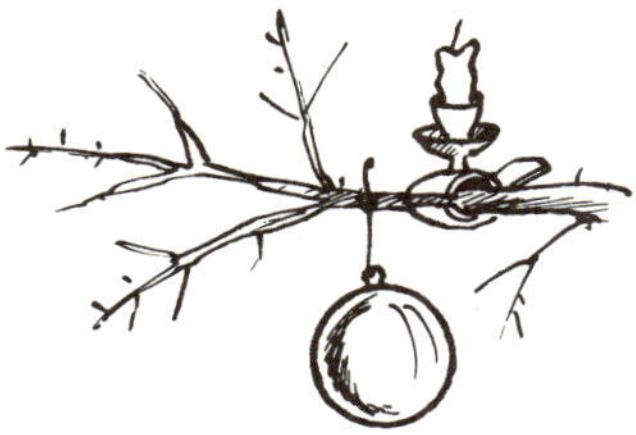

Warum immer einen gekappten Baum, eine teuer gekaufte Nordmanntanne oder gar ein Plastikteil verwenden, gerade wenn es ein zünftiger Christbaum sein soll? Wozu hat man denn die ungekünstelte Natur des romantischen Alpengürtels sozusagen direkt vor der Haustür? Auch das traditionelle Stubenhocken an diesem Sonderdatum darf doch ruhig unterbleiben. Die Bescherung, die übermäßige Völlerei, die Christmette und all die eingefahrenen Abläufe könnten vielleicht einmal durchkreuzt werden, zugunsten völlig andersartiger Erlebnisse.

Darüber dachte man in der Familie Krautmeier nach, und befreundete Menschen hatten die gleichen innovativen Gedankengänge. Oben am Berg in der freien Natur eine angewachsene Weißtanne festlich-weihnachtlich schmücken und das große Ereignis unkonventionell feiern, darauf richtete sich ihre Vorfreude aus. Sie waren begeistert und angenehm aufgeregt mit samt Kind, Kegel und Hausfrau sofort dabei. Gerne wollten sie auch den neuen, jungen und aufgeschlossenen Katecheten der Pfarrei überzeugen, dabei zu sein und zu zelebrieren. Vor allem die nebenberufliche Gemeindereferentin, hauptberuflich Hausfrau, hatte schon länger ein Auge auf den attraktiven Seelsorger geworfen.

Aber eines war klar: Er musste von Berufs wegen der Christmette in seinem Pfarrsprengel beiwohnen. Wie schade. Er bedauerte, war aber unüberzeugbar, obwohl die Gemeindereferentin bettelte: »Sie sind jetzt schon aus der Lehrzeit heraus. Da könnten Sie doch mit uns auch oben im Bergwald die Christmette zelebrieren!« Er schwankte zwar, aber er machte sich sofort auch klar, dass die Diözese mit einer Strafversetzung reagieren könnte. Das war schon bei kleineren Vergehen üblich, wie man aus der Presse immer wieder einmal entnehmen konnte.

Der Vater und Ernährer von zwei jungen, acht und neun Jahre an Lebensalter betragenden Krautmeiern sprach zu seiner lieben, aufgeschlossenen Frau Krautmeier: »Heuer werfen wir uns einmal ganz anderweitig aus der üblichen Bahn. Das wird endlich ausnahmsweise ein spannendes, abenteuerliches, ungewöhnliches Weihnachten werden.«

Und wie gesagt, so auch getan. Dadurch entstand diesmal ein völlig ungewöhnliches Feiern des hohen Ereignisses im stillen Bergwald unter der Rettenwand. Bereits Tage vor dem Fest schleppten die männlichen Vertreter der Familien vorausschauend besondere Lebensmittel wie feines Gebäck, Kuchen, Dauerwurst, Brot aus vollem Korn, den teuren Rohmilchkäse, Ölsardinen sowie reichlich Hochprozentiges hinauf und lagerten die guten Sachen in einer Höhle, deren Eingang von Uneingeweihten nicht leicht gefunden werden konnte. Aber in diese abgelegene Gegend verlief sich sowieso kaum ein Wanderer, geschweige denn einer, der auf Plünderung der dort wohlverpackt deponierten Schätze aus gewesen wäre. Besonders unter Bergsteigern ist so etwas nach wie vor überhaupt nicht üblich.

Ein ausgefuchster Bergfex, der pensionierte, schon höher betagte Vater vom Krautmeier: »Im Gebirg oben regiert eisern ein ungeschriebener Ehrenkodex. Da ist so gut wie noch nie etwas gestohlen worden. Wenn, dann nur aus Mundraubgründen, und das ist äußerst ungewöhnlich, weil der professionelle Wanderer immer seine Brotzeit mitführt. Auch der einzige Problem- oder Schadbär, der in Hunderten von Jahren dabei gefährlich hätte werden können, steht inzwischen ausgestopft und untätig im Museum in Schloss Nymphenburg. Rechtzeitig, bevor er weiter plündernd durch unsere friedliche weiß-blaue Heimat ziehen konnte, war es um den Störenfried geschehen. Aus diesem leicht nachvollziehbaren Grund hat ihm, beauftragt von der bayerischen Staatsregierung persönlich, ein tapferer, unerschrockener Waidmann das Lebenslicht gründlich ausgeblasen. Die Verleihung des Bayerischen Verdienstordens musste aber leider heimlich erfolgen, weil der Problembär eine ziemlich starke Lobby sein Eigen nennen konnte.«

In diesen Tagen lag die Temperatur beständig unter dem Gefrierpunkt und sollte angeblich dort auch noch länger liegen bleiben. Selbst die weitere Witterung schien recht freundlich sowie tagsüber sonnig und nachts sternenklar mitzuspielen. Solche Voraussetzungen für eine derart außergewöhnliche

Weihnachtsfeier in freier, ungebundener Natur kann man ruhig als optimal bezeichnen.

Solch Erfreuliches proklamierte jedenfalls nachdrücklich der amtliche Wetterbericht. Meistens, wenn die fachlich geschulten Meteorologen nicht gerade besonders schlechter Laune waren, konnte man sich bisher ziemlich sicher auf sie verlassen. Aber manchmal sind sie ja ebenfalls familiären oder sonstigen Problemen ausgeliefert oder haben selbst einen unvermeidlichen internen Streit mit der Ehefrau vom Zaun gebrochen. Es sind ja auch nur Menschen wie du und ich oder wir alle zusammen. Da kann ihnen doch das Wetter manchmal vielleicht sogar gleichgültig werden. Zur Verantwortung ziehen kann man sie deswegen sowieso nicht.

Die letzte vorweihnachtliche Transporttour am 23. Dezember setzte sowohl den eifrigen Vorbereitungen die Krone auf als auch der ausgewählten Weißtanne. Ein goldverbrämter, pausbäckiger Trompetenengel, der symbolisch als Verkündigungs-Seraph die Frohbotschaft übernehmen sollte, wurde beinahe richtfestmäßig aufgesteckt und gefeiert. Vorsichtshalber und um das freudige Geburtsereignis des Erlösers genügend laut in die Welt hinaus zu verkünden, wollte der Krautmeier am Weihnachts-Event-Tag noch ein geeignetes lautstarkes Blasinstrument mitführen: die Vuvuzela, eine besonders wirksame Blaströte.

Eine herrlich gewachsene, freistehende, etwas mehr als mannshohe Weißtanne war dazu auserkoren worden, einmal in ihrem Leben inmitten unberührter Natur weihnachtlich zu strahlen, ohne vorher brutal umgesägt worden zu sein. Und das auch nachhaltig sowie symbolisch für eine intakte Natur, in der man das Recht von frei lebenden Wildtieren und Bäumen auf ihre Unversehrtheit noch respektiert. Die wichtigste Botschaft dabei wurde später von der umweltbewussten Frau Krautmeier treffend formuliert: »Diese Tanne wird nicht das Opfer für den Raubbau und den zunehmenden Holzeinschlag zwecks Christbaumverkauf. Noch nach Jahr und Tag grünt sie bestimmt unumwunden, lebendig und froh weiter. Das ist angewandter, gelebter Umweltschutz.«

Vorsichtig, um die glitzernden, etwas schneebedeckten Zweige nicht unnötig abzuschütteln, begann die Dekoration mit burgunderrot glänzenden, überdimensionalen Christbaumkugeln, honigduftenden Großwachskerzen und kleineren Guglhupfkuchen, die nach vollbrachter Aufhängung mit ihrem schmackhaften Schokoladenüberzug dunkelbraun aus den Zweigen hervorlugten. Dann ließen die fleißigen Dekorateure den festlich geschmückten Baum bis zum nächsten Tag, dem Christfest, in Frieden in der verschwiegenen Bergwaldeinsamkeit zurück. Ein sinnvolles, erwartungsfreudiges Tagewerk war vollbracht.

Froh gestimmt und voll gespannter Erwartung strebten am späteren Nachmittag des 24. Dezember drei Familien mit insgesamt sechs unterschiedlich hohen Kindern dem ungewöhnlichen Event zu. Die munteren Familienväter hatten zwar trotz nachsichtig formulierten Tadels ihrer Frauen schon reichlich vorgeglüht, wie man so sagt. Aber für einen weihnachtlichen Ausnahmezustand ist ja eine gewisse

Euphorie keineswegs von Nachteil. Die belebende Wirkung in Maßen genossener einschlägiger alkoholisierender Getränke ist doch gerade im kalten, leicht verschneiten Winterwald keineswegs als nachteilig zu betrachten. Sie konnte bestimmt nur beflügeln.

Zwei schnelle Familienväter flitzten schon blitzartig, sportlich und emsig voraus und zündeten die zahlreichen Kerzen an, mit denen der Weihnachtsbaum samt seiner glitzernden natürlichen Schneekristallpracht bestückt war. Als die Nachhut in Form der restlichen Familienmitglieder eintraf, schallte ihnen schon das traute, wundervoll passende Lied fröhlich entgegen: *Ihr Kinderlein, kommet, o kommet doch all.*

Und da waren sie bald alle anwesend, einschließlich der Erwachsenen, auch wenn diese im Lied nicht vorkommen. Trotzdem konnten sämtliche Teilnehmer schon jetzt den herannahenden glücklichen Ausnahmezustand herzlich genießen. Auch von der Intonation her klang das überlieferte mehrstrophige Stück, aus voller Brust zweistimmig gesungen, hervorragend und wohlgelungen, sangen doch die beiden Baritonmänner für gewöhnlich stimmführend und inbrünstig im örtlichen Kirchenchor. Da weiß man schon aus Erfahrung, wo es musikalisch langgeht.

Und aus einem bestimmten Grund, der umgehend offenbar werden sollte, intonierten die zwei routinierten Gesangssolisten ein weiteres Lied aus dem historischen Schatz deutscher Weihnachtskompositionen. Froh und munter, wenn auch etwas verspätet – so dachten zunächst die Anwesenden überrascht – entsprang den geübten Kehlen das beliebte Lied mit dem Refrain: »Lustig, lustig, traleralala, heut ist Nikolausabend da.« Es war nämlich vereinbart, dass der Opa Krautmeier zu dieser Zeit auftauchen sollte, verkleidet als Nikolaus. Weil er aber nicht gleich da war, wurden die sieben lustigen Strophen zweimal wiederholt.

Und schon keuchte der sehnlichst Erwartete als betagter heiliger Nikolaus den letzten Hang herauf. Und zusätzlich geschah beinahe eine Sensation: Knapp hinter ihm erschien kettenklirrend der Onkel Lars als wilder, beeindruckender Krampus.

Die Überraschung hatte toll eingeschlagen. Damit hatte niemand gerechnet. Nur leider wurden die beiden in Kürze von den schlauen Kindern enttarnt. Diese waren nämlich bereits in einem etwas respektlosen Alter angelangt, in dem man ihnen nur schwerlich etwas vormachen konnte.

Der Mond, zunächst versilbert, bald darauf jedoch mit schwindendem Tageslicht wie in mattem Gold gewälzt, zog seine gemächliche Bahn am Himmelszelt. Dieses verwandelte sich vom tiefen Azurblau langsam, ja direkt im entspannten Zeitlupentempo, in ein gedecktes Dunkel, beinahe Schwarz. Ganz genau definiert in ein samtiges, beruhigendes Dunkelblauschwarz. Um die schlanke Weißtanne geschart und vom Aufstieg doch etwas ausgehungert und ausgepumpt, sprach man zunächst erst einmal den leckeren Dingen zu, die fein gekühlt auf das gemischte Völkchen warteten. Als Erstes verschwanden die leckeren Schokoladen-Gugelhupfe ziemlich schnell aus dem Geäst, und verschmierte

Kindermünder bezeugten den Genuss, der dadurch reichlich entstanden war. Nur bei ganz genauem Hinsehen merkte man, dass einige der zahlreichen Waldvögel, vielleicht Käuze, Kibitze, Meisen, Mauersegler, Kreuzschnäbel oder Eulen, seit dem vorigen Tag ein paar Schnäbel voll vom feinen Kuchengebäck stibitzt haben mussten. Das wurde ihnen jedoch von Herzen gegönnt.

Nun folgte in der zunehmenden Kälte eine hitzige Schneeballschlacht, bis allen reichlich warm geworden war. Als zweifelhafter Erfolg blieb ein blaues Auge des einen Baritonsängers zurück.

Die Zeit verging wie im Fluge. Geschmackvolle, leichte Geschenke, die beim Aufstieg nicht allzu sehr beschwert hatten, wurden verteilt. Da war die Freude gewaltig. Aus dem Tal tönte das melodische Geläut klangmäßig abgestimmter Kirchenglocken herauf. Doch hier oben hatte man keine Probleme, lautstärkenmäßig mitzuhalten. Die Vuvuzela kam umgehend zum Einsatz, bis das fromme Läuten mit einem letzten, leise verklingenden Glockenschlag verstummt war. Das bedeutende Blasinstrument verursachte einen gewaltigen Lärmpegel. Sogar im quirligen Südafrika, dem Erfinderland dieses Krachmachers, soll allmählich ein Verbot ausgesprochen werden. Und zwar zum Schutz der Fußballfans zwecks Bewahrung ihrer empfindlichen Trommelfelle.

Leider wurde es allmählich kalt und kälter. Der Frost machte sich auf Dauer unangenehmer bemerkbar, als man einkalkuliert hatte. Trotz Daunenanoraks, Lodenkotzen, gefütterten Fäustlingen, Schals und Pudelmützen kroch eine unangenehme Steifheit und Starre in die ausgelassen feiernden und fröhlich zechenden Erwachsenen. Die Kinder wurden nach und nach lästig und unangenehm. Sie nörgelten und drängten allmählich und stetig und wollten lieber wieder in wärmere Gefilde ausweichen. Die feierliche Stimmung gefror langsam, aber unabwendbar ein.

Eine Hausfrau, die sich plötzlich von allen Anwesenden am gläubigsten gebärdete, meinte vorsichtig, aber nachhaltig: »Wenn wir allmählich umgehend aufbrechen, kommen wir gerade noch rechtzeitig zur heiligen Christmette hinunter.« Eine entsprechende Andacht im Freien und in unberührter, kühler Natur erschien ihr anscheinend doch zu außergewöhnlich, vielleicht sogar etwas abwegig. Bekümmert schickte sie noch nach: »Da fehlt bestimmt und offensichtlich im freien Bergwald der kirchliche Segen, weil unser Katechet nicht mitkonnte.« Völlig unbegründet war dagegen ihre Angst vor Frostbeulen. Diese entstehen bei warmer Winterbekleidung keineswegs so schnell.

Das Resümee nach der originellen Feierlichkeit: Sämtliche Gliedmaßen der fröhlich Beteiligten waren problemlos ohne Erfrierungen davongekommen.

Zauberhaft

Unerklärliches fasziniert fast immer. Unmögliches sogar noch mehr. Der kometenhafte Aufstieg von Illusionisten wie David Copperfield, der problemlos mitten durch die chinesische Mauer hindurchging, oder die verblüffenden Tricks von Siegfried und Roy sind die logische Folge des Wunsches nach dem Außergewöhnlichen. Je glatter und perfekter die Vorgaukelung falscher Tatsachen über die Bühne läuft, desto stärker staunt das hereingelegte Publikum.

Gerade die zuletzt genannten zwei Künstler haben im Nahbereich besondere Aufmerksamkeit erregt, ist doch der Siegi sozusagen einer von uns gewesen. Aufgewachsen in der Kastenau, einem damals nicht so gut beleumundeten Stadtviertel, hat er später bildungsmäßig unter uns gewohnt. Zumindest während der Volksschulzeit. Denn er erlernte in dem Klassenzimmer, das genau unter dem unseren gelegen war, die grundsätzlichen Anforderungen zum kleinen und größeren Einmaleins, Bruchberechnungen oder grammatikalische Mindestkenntnisse. Damals hat er uns schon im Pausenhof mit Kartentricks und schlauen, schwer durchschaubaren Einfällen allerhand vorgezaubert. Auch zum Ausklang vor den Weihnachtsferien durfte er in der Schule seine geschickten Tricks vorführen. Da staunten selbst die Lehrer und sagten bedeutungsvoll: »Der Siegi, das ist schon einer. Und zwar ein Raffinierter!« Und so war es auch.

Später saß er dann als Lehrling anlässlich der Südostmesse am Webstuhl einer einheimischen Firma und webte vorläufig ohne Zauberei vor sich hin. Aber gar nicht lange mehr währte es, da war er plötzlich verschwunden. Und zwar von der Bildfläche.

Erst später sickerte dann allmählich durch, dass seine illusionistische Fortentwicklung zusammen mit einem gewissen Roy, der aus Norddeutschland stammte, und einem Geparden, der aus Afrika stammte, weiter gediehen war. Unterwegs mit dem neuen Partner auf einigen Ozeanen, zauberte er das Raubtier fachmännisch weg und auch wieder her. Das war überhaupt nicht recht einfach.

Auf einem Ausflugsdampfer, heute würde man Traumschiff sagen, ging die Zauberei recht steil voran. Sogar der Herr Kapitän war sehr erstaunt, aber auch ärgerlich, weil die beiden über ihre Tricks dichthielten und so gut wie nix verrieten. Nur der Erste Maschinist, bevorzugt durch seine Kenntnisse der Mechanik, war eingeweiht und behilflich. »Wir Maschinisten sind unentbehrlich, wenn es um größere Täuschungen geht. Aber wir verraten null. Ohne uns läuft da überhaupt nix bei so einer komplizierten Zauberei«, hat er damals angeblich durchsickern lassen.

So nahm die Sache einen frappierenden Aufschwung bis nach Las Vegas hinüber, wie nun fast jeder weiß. In ihrem schlossartigen Domizil haben die zwei ganz weiße Raubtiere aufgezogen. Inzwischen waren es Tiger, Löwen, ja sogar Elefanten, wenn nicht noch Gewaltigeres, das sie verschwinden ließen. Aber sie konnten es auch wieder herbeizaubern.

Auf der ganzen Welt haben die berühmten zwei Kameraden schon bald darauf ihre Kunststücke vorgeführt, bis der Roy wegen eines schmerzhaften, unangenehmen Tigerbisses in die empfindliche Schulterpartie pausieren musste. Zwar reitet er schon wieder einmal aus, ist aber dabei auch bereits unverhofft unglücklich, aber ohne weitere Verletzungen von seinem treuen Pferd gefallen. Mit dem Zaubern ist es seitdem so ziemlich vorbei. Der Siegi mag anscheinend alleine auch nicht mehr so recht.

Nun ist es am aufkeimenden Nachwuchs, in die gewaltigen Fußstapfen dieser grandiosen Illusionisten zu treten. Und er lässt damit auch nicht lange auf sich warten, wie man gleich sehen wird.

Deshalb hat die schlaue Trixi schon im zarten Alter mit kaum sieben Jahren das Zaubern angefangen. Vielleicht hatten ihre Eltern bereits bei der Namensfindung des munteren Kindes eine treffliche Vorahnung entwickelt. Waren sie doch selbst etwas manipulativ veranlagt.

Das intellektuelle Niveau war aber bei ihr vorerst noch weit niedriger als bei den bekannten Größen der illusionären Traumwelt. Das heißt, sie hat sich zuerst selbst raffinierte Sachen ausgedacht, die vor allem ihren kleineren Bruder sofort in grenzenloses

Erstaunen versetzten. Aber er konnte noch so nachhaltig nörgeln – es nützte nichts: Sie verriet ihre Trixerei-Geheimnisse nicht.

Dabei versteckte sie einfach nur die Spielsachen vom Berti, die er vom Christkind gerade frisch erhalten hatte, hinter Kissen und Schränken. Der Kleine vermisste dann seine Sachen und veranstaltete daraufhin ein großes Geplärr und Getöse: »Mei Bagger is weg!«

Jetzt spielte sie die faszinierende Magierin: »Ich zaubere deinen Bagger unter den Schrank. Und deinen Raupenschlepper hinter das blaue Kissen auf dem Sofa.«

Verblüfft und mit aufgesperrtem Schnabel bewunderte dann der kleine Bursche die unheimlichen magischen Kräfte seiner Schwester, wie sie Stück für Stück alles wieder herbeizaubern konnte.

Freilich war das noch nichts Großartiges, aber es war der Beginn einer erstaunlichen Karriere. Denn sie hatte so nach und nach weit Größeres vor.

Irgendwie schaffte sie es, ein Stück Fensterglas in Form eines Zehn-Cent-Stückes aufzutreiben. Damit gelang ihr bereits ein Vorstoß in die gehobene Zauberkaste. Und zwar vor größerem Publikum anlässlich ihres neunten Geburtstages, der wie immer in die hohe Adventszeit gefallen war. Eine Vorführung unter dem Adventkranz erweckte noch mehr den Eindruck, hier seien höhere Erscheinungen und überirdische Kräfte im Spiel.

Ein mit Wasser gefülltes Glas stand vor Trixi auf dem Tisch. Sie breitete ein Tuch darüber. Es folgte der unvermeidliche Zauberspruch »Abrakadabra«.

Nun nahm sie eine echte Zehn-Cent-Münze und hielt diese gut sichtbar hoch. Noch einmal wurde das Geldstück in die Höhe gehalten, aber diesmal unter dem Tuch über dem Glas. Ein Kind aus der Runde durfte die Münze erst festhalten und dann in das Glas plumpsen lassen. Man hörte sie sogar so richtig auf den Glasboden fallen. In Wirklichkeit hatte die Zauberin sie schnell mit dem Glasstück vertauscht.

Nun nahm sie das Tuch weg, und die glasklare Imitation hob sich im Wasser überhaupt nicht ab. Die Münze war sozusagen verschwunden.

Daraufhin fasste Trixi, wiederum unter dem Tuch, in das Glas, fischte die Imitation heraus, tauschte sie gegen die echte Münze und hob diese verdeckt in die Höhe. Eines der Kinder durfte das Tuch abnehmen, und schon war das Zehn-Cent-Stück wieder da.

Der größte Wunsch des Mädchens zum bevorstehenden Weihnachtsfest: ein Zauberkasten. Sie konnte es kaum erwarten, bis das Christkind mit dem Glöckchen sozusagen den Startschuss für die Geschenkerallye eröffnete. Atemlos sauste sie in das festlich gerichtete und weihnachtlich ausgestattete Wohnzimmer mit dem strahlenden Lichterbaum. Unter ihm lagen all die tollen Dinge ausgebreitet. Aber Trixi hatte nur Augen für den großen, bunten Pappkasten mit dem geheimnisvollen Inhalt. Es handelte sich um »Merlins Big Magic Box«, in christkindliches Geschenkpapier gehüllt.

Berti spielte zufrieden mit seiner Holzeisenbahn. Sie stürzte sich sofort wissbegierig auf die Trickkiste. Während die Eltern schon hungrig am reichlich gedeckten Tisch vor den erlesenen Speisen warteten und milde mahnten: »Das Essen wird kalt«, konnten sich die beiden Nachfahren kaum von den Präsenten losreißen. Schon am gleichen, dem Heiligen Abend selbst, wurde Trixi von ihren Eltern intensiv bewundert, weil sie mit schnellster Auffassung und Begabung die Grundkenntnisse der Vorspiegelung falscher Tatsachen begriffen hatte. Im schwarzen Zaubergewand und mit dem Zauberstab aus der Kiste bewaffnet strömte sie bereits nachhaltig einen geheimnisvollen Respekt aus.

Es begann mit einem sogenannten Zauberbuch. Das war ein Dreifach-Faltkarton. Wobei der dritte Teil schlau nach hinten weggeklappt war. Nun legte sie eine Spielkarte, die Herz-Acht, in den verbliebenen Doppelbogen. Mit pompösem Zaubergetöse und Abrakadabra drehte sie das Zauberbuch, bis sie den hinteren Teil aufklappte. Da war natürlich die vorher eingelegte Pik-Acht drin. Jetzt staunten selbst die Eltern und prophezeiten ihrer Trixi eine große Zukunft als Illusionistin.

Leider war sie noch nicht ganz so versiert wie eine echte Zauberin, und die aufmerksamen Eltern, die auch nicht gerade dämlich daherkamen, konnten noch einige Schummeleien durchschauen. Aber gar nicht sehr lange. Das wurde nämlich durch fleißigstes, langes, peinliches Üben und Trainieren schnell völlig anders.

Bald waren alle Tricks aus der bunten Kiste ausprobiert und erschöpft. Zunächst zauberte sie sich von Kindergeburtstag zu Kindergeburtstag. Später, nachdem sie schon ein Illusionisten- und Täuschungsseminar absolviert hatte, konnten bereits größere Auftritte und Aufträge, zum Beispiel bei Firmenjubiläen und Prominentengeburtstagen, gebucht werden.

Auf einer internationalen Magiertagung, sie war bereits volljährig, kam dann der große Durchbruch. Dabei lernte sie einen berühmten, schon stark aufstrebenden Illusionisten kennen und lieben.

Dieser war durchaus bereits früher, geschickt und wendig, als bekannter Handballer aufgefallen. Jovial und selbstsicher verkündete er: »Ich war ein richtiger Ballkünstler und habe so manches Tor in die feindliche Kiste hineingezaubert.«

Das war natürlich die beste Voraussetzung für sein weiteres Streben nach undurchschaubaren Erfolgen. Die ehrgeizige Trixi konnte sich sofort hellauf und begeistert in die geheimnisvolle Welt des gar nicht so schlecht ausschauenden Könners einfühlen und einfügen.

Finger- und handfertig, wie die beiden waren, und dank ausgeklügelter, aufwendiger technischer Hilfe lagen ihnen bald, wie man so sagt, größere Teile der Welt zu Füßen. Es war nun kein Hallenhandball mehr, das er zusammen mit seiner neuen Flamme bestritt. Aber die Hallen blieben und wurden sogar weit größer. Nach mehreren Auftritten in der Carnegie Hall in New York rief man sie sehnsüchtig nach England. Die Albert Hall wartete auf die erfolgreichen Illusionskünstler. Und so mancher Möchtegern- und Hobbyzauberer vergaß vor Verblüffung, ganz wie früher der kleine Berti, den offen gebliebenen Mund endlich wieder einmal zu schließen. Das Erstaunen kannte kaum noch Grenzen. Die dahinterstehende Realität wurde absolut undurchschaubar, wenn im schummrigen Licht die perfekten Täuschungen, sozusagen wie am Schnürl, über die Bühne liefen.

Die Zeit wanderte von Tag zu Tag kurzweilig weiter voran. Und so schloss sich das Jahr wieder so ziemlich zum Ende hin. Eines wunderbaren Abends – durch die hell erleuchteten Fenster strahlte so mancher schön ausstaffierte Christbaum, denn Prinz Albert mit seiner deutschen Abstammung hatte diesen Brauch im glorreichen Königreich eingeführt – war es dann so weit. Im traulich-festlich ausgestatteten Hotelzimmer waren die beiden Mega-Illusionisten ganz unter sich. Und weil die beiden schon länger einen sehnlichen Kindernachwuchswunsch für einen Zaubernachkommen mit sich herumtrugen, verkündete er feierlich: »Noch heute Nacht wird ernsthaft gezaubert. Dazu hole ich extra für dich meinen Zauberstab hervor. Und für das kommende, glückliche Jahr werde ich hiermit eine Verlängerung herbeizaubern. Dadurch wird unser wunderbares Zauberleben verlängert. Es soll in absehbarer Bälde geschehen. Abrakadabra! In Englisch gesprochen: Ein so genannter *leapday*, und der 29. Februar soll es dann sein!«

Schnitzen in das Rinde

Es war kurz vor Silvester. Der Schnee ließ auf sich warten. Im Gegenteil dazu schien sich zurzeit beinahe ein verfrühter Frühling verlaufen zu haben.

Ich stieg des Mittags höher im milden Licht und bei einer Temperatur erheblich über dem Nullpunkt. Einsam und betagt stand diese mächtige Buche hier oben, die ich immer bewundert hatte, seit ich zum ersten Mal die urige Bergwand an der Waldgrenze fast geheimnisvoll fand.

Der Baum stand dort, wo kein Weg hinführt. Am obersten Rand des steilen Bergwalds, im Schutz und kurz vor dem aufragenden Felsen. Irgend so ein verrücktes Pärchen muss aber doch daselbst früher zugange gewesen sein. Und zwar vor jetzt schon 24 Jahren. Das verrät immer noch ein sorgfältig eingeschnittenes Datum, der damalige 24. Dezember. Auch die Namen sind noch gut leserlich: In eigenartiger, etwas verschnörkelter Schrift entzifferte ich: Marei + Scott.

Da wird man schon nachdenklich. Wo doch anscheinend diese Engländer überall so hingekommen sind. Aber die waren ja immer schon ein bergbegeistertes Volk. Der kühne Edward Whymper zum Beispiel, der als Erstbesteiger des Matterhorns das damalige Unglück überlebte, schwirrt ja selbst heute noch durch Alpenvereinsgazetten und Romane. Was sich an diesem dramatischen Tag wirklich zugetragen hat, bleibt sein Geheimnis, und das hat er 1911 mit ins Grab genommen. Eigentlich hätte man das durchtrennte Seil, das den Tod seiner Kameraden verursacht hat, mit in sein Grab legen sollen, statt es im Museum aufzubewahren.

Aber wie der Scott zum Marei gekommen ist, bleibt natürlich ebenfalls eine heute nicht mehr lösbare Frage, ein Rätsel, wenn auch nicht so weltbewegend. So dachte ich. Meine verständliche Neugierde wurde aufgeweckt und ließ der Fantasie freien Lauf. So stieg ich nachdenklich weiter.

»Das Marei«, so hat man früher bei uns in Vereinfachung des Artikels auf das rein Sächliche gesagt. Schon der Name hört sich ja recht einheimisch an. Nur der englisch klingende Scott scheint von auswärts, wohl eben aus dem sogenannten Großen Britannien, zu sein und in unseren Bergen seine aufregende, oder zumindest größere, interessante, Liebe gefunden zu haben.

Ich hatte mich am Fuße der etwa 15 Meter hohen Felswand niedergetan. Und als ich noch so sinnierte, wie damals das Marei und der Scott hier zugange gewesen sein könnten, was das wohl für Leute waren, keuchte ein Bergläufer zwischen den Fichten und Tannen herauf. Er nickte kurz und kraxelte dann, schwer schnaufend, nach oben weiter. Nicht mehr so ganz leichten Fußes entschwand er im oberen Bereich zwischen den Latschen. Ich wusste aus Erfahrung, dass da droben eine grandiose Aussicht wartet. Und so turnte ich ebenfalls hinauf. Es ist keine schwierige, noch dazu eine recht kurze luftige Kletterei. Gemächlich kraxelte ich der Aussichtswarte entgegen. Der junge Sportskamerad stand da und knipste begeistert mit seinem Handy die eindrucksvolle romantische Bergwelt rund um uns herum.

Ich lümmlte mich bequem in das spärliche Gras und die im Sommer gelb und weiß blühenden, jetzt nur noch grünbraunen Niedergewächse. In diesem Winter lag noch kein Schnee hier oben.

Der Bursche setzte sich zu mir und zog immer wieder die Luft etwas pfeifend ein. »Steve«, stellte er sich knapp vor. Nach und nach hatte sich sein Puls beruhigt. Schon beinahe entspannt deutete er auf ein schmales Wolkenband, das sich allmählich ausdehnte: »Da werden wir heute noch Regen erhalten. Das Föhn wird nicht haltbar sein. Und das Schnee wartet.« Ich nickte.

Seine Formulierungen schienen mir doch etwas eigenartig. Gedankenverloren erfreuten wir uns ausgiebig am einmaligen Rundumblick. Schließlich plagte mich langsam eine unumwundene Neugierde: »Wo bist denn du her? Bist du öfter hier oben? Woher kennst du diesen abgelegenen Ausguck?«

Der sympathische Bursche – ich schätzte ihn auf gute zwanzig – sprach nachdenklich: »Das ist länger von dieser Geschichte. At first ich war gewesen mit meine Eltern hier. So mit vier Jahren. Meine Ort von Heimat ist Wales in England.«

Zuerst langsam, dann aber blitzartig durchzuckte mich ein Gedanke. Sollte dieser junge Mann vielleicht gar …? Ich schaute ihm genauer in sein frisches, offenes Gesicht. Woran erkennt man einen Engländer? Oder einen halben? Vorsichtig fragte ich: »Sagen dir die Namen Marei und Scott etwas? Bist du vielleicht gar der Bub dieser beiden?«

Er grinste mich freundlich an: »So es ist. Mein Mutter ist Marei, mein Vater Scott. Schnitzen in das Rinde: Das gewesen sie! Ich habe meine Meinung, dass hier meine Ursprung sein soll!«

Ich war perplex. »Wo sind deine Eltern geblieben? Ist das Marei von hier? Einheimisch? Tatsächlich sogar deine Mutter?«

Nach und nach offenbarte mir der junge Mann eine spannende Geschichte. Das Marei war die hübsche einzige Tochter vom Leitenbauern drunten im Dorf, der nun schon länger im Nirwana weilt. Sie war bergbegeistert, eine exzellente Skifahrerin und trainierte hart für viele Meisterschaften, ja sogar für olympische Disziplinen. Ihre Trainingsrunden führten sie öfter auch in diese abgelegene Gegend herauf, fern von der nächsten Forststraße. Und eines inzwischen fernen Tages traf sie auf dem Felsplateau einen smarten Mann aus Wales.

Es war niemand anderes als Scott, Sohn eines Burgbesitzers im Snowdonia Nationalpark im westlichen Großbritannien. Als betuchter Erbe eines der noch bewohnten Adelssitze – es gibt davon insgesamt über 600, und einige sind sogar keltischen Ursprungs –, konnte er es sich locker leisten, ausgiebig seiner Bergsteigerleidenschaft zu frönen. Einquartiert im beschaulichen Unterwirt, unternahm er damals von dort aus ausgedehnte Bergfahrten auf die nahen deutschen und österreichischen Alpengipfel. Der Mount Snowdon im Bereich seiner elterlichen Burg konnte mit knapp über tausend Meter Höhe auf Dauer seine Bergleidenschaft nicht befriedigen.

Zur Entspannung trieb er sich zwischendurch auch hier oben bei der alten Buche herum. Es war der einsame Ort von Scotts erster Begegnung mit dem Marei, der Mutter von Steve, und der Ort von dessen Entstehen. Das gab dieser *secret location,* wie sich Steve ausdrückte, eine besondere, beinahe mystische Aura. Und schon in seiner Kindheit hatten ihn seine Eltern, begeistert von diesem abgelegenen Felsen und aus ersichtlichem Grund, mit hier herauf genommen. Nun war er wieder auf den Spuren seiner Vergangenheit.

»Was ist aus deiner Mutter geworden, und lebt dein Vater noch?«, wollte ich gerne wissen.

Leider stellte sich heraus, dass das Marei zwar zunächst mit in die romantische Burg nach England gezogen war, aber später bei einer *ski competition* in den Rocky Mountains mit dem überschwänglich gefeierten Slalomsieger in Amerika ihre zweite Heimat gefunden hatte. Ganz aus der heimatgebundenen, bodenständigen Art ihrer Vorfahren geschlagen, beeinflusste sie schon früh ein unbezwingbarer Abenteuerdrang. Der stand im Gegensatz zur britisch-konservativen Haltung von Scott, der außerdem mit einer fortschreitenden Bandscheibenmisere geplagt war und langsam, aber sicher unbeweglicher wurde. In tiefe Gedanken versunken und nachdenklich erklärte Steve stockend: »Ich hab lange nicht gehört etwas von meine Mutter.« Eine gewisse, schwermütige Traurigkeit war deutlich aus seinen Worten herauszuhören.

Erst vor ein paar Tagen hatte ihn hier im Urlaub eine Nachricht erreicht. Sie kam von seiner Halbschwester aus Amerika. Zum ersten Mal und völlig überraschend erfuhr er von deren Existenz. Aus der knappen Mitteilung ging nur hervor, dass das Marei vor einiger Zeit in den Rocky Mountains von Montana auf einer Klettertour ums Leben gekommen war. Eine umstürzende Hemlocktanne in einem Outdoorcamp, in dem sie ihren fünfzigsten Geburtstag weihnachtlich und feuchtfröhlich gefeiert hatte, besiegelte ihr Schicksal.

Und so wollte der vergessene Sohn schon bald zu seiner Halbschwester hinüber nach Amerika fliegen. Diese wuchs in den wilden Bergen von Montana auf, dem viertgrößten Bundesstaat der USA. Er stellte fest, dass dieser Staat nicht nur wesentlich größer als England, sondern auch ausgedehnter als Deutschland ist, und er freute sich schon auf das unbekannte Mädchen. Außerdem konnte er damit seine Jugendträume von verwehtem Indianerleben und einmaligen, ursprünglichen Berglandschaften erfüllen. Schließlich hatte dort der letzte Aufstand eines untergehenden Naturvolkes sein Ende gefunden. Im Osten von Montana, am Little Bighorn River, hatten diese rothäutigen, frei lebenden Menschen ein letztes Mal vor ihrem Untergang noch gesiegt.

Sein Vater hatte sich scheiden lassen und lebte zurückgezogen auf seiner historischen Burg. Oft erzählte er aber, wehmütig-nostalgisch, von der romantischen Zeit und seinem ruhelosen Marei. Die aufregenden Tage mit ihr und die beschaulichen Abende mit Zithermusik und Bierseligkeit beim Unterwirt blieben unvergessliche, tiefe Eindrücke und frohe Erlebnisse. Als das alles abrupt zerbrochen war, hatte das etliche Narben bei ihm hinterlassen. Nur einmal noch stand er später an der alten Buche, tastete mit zitternder Hand über seine Schnitzerei und erklomm mühsam den Felsen. Er hatte jedoch, wie das Marei auch, bald herausgefunden, dass zwei so verschiedene Charaktere auf Dauer nicht zusammenleben können.

Im dämmrigen Licht des Spätnachmittags stieg ich zwischen Nebelschwaden mit dem jungen Engländer durch den steilen Bergwald wieder ins Tal hinunter. Er war recht einsilbig geworden. Die Vergangenheit seiner Eltern und seine eigene beschäftigten ihn nachhaltig.

Schon fast bei Dunkelheit tappten wir dann durch das friedliche Dorf. Im Unterwirt bei Brotzeit und Bier tauchten später nach und nach aus der früheren Ära, farbig und ausgiebig, die entschwundenen Bilder wieder auf. Es war, als ob die Zeit nur ganz kurz weggeblickt hätte. Und wie es der Zufall wollte, erklang plötzlich Zithermusik. »Der Martl spuit immer am Samstag auf d'Nacht da bei uns auf«, erklärte die Amalie. Sie war immer noch die treue, inzwischen schon betagte Bedienung von beinahe Anno Domini.

Und dann kam die Überraschung: Sie konnte sich noch sehr gut an den schlanken, »smarten« Burschen

Scott, den »Englischmann«, erinnern. Schon deshalb, weil er immer großzügig mit dem Trinkgeld umgegangen war. »Und das Marei«, so stellte sie traurig fest, »war ein so liebes, aber flatterhaftes Mädel.« Damals schon schwirrte sie, bedingt durch ihren sportlichen Ehrgeiz und ihr sportliches Können, durch die Welt, von Meisterschaftsveranstaltung zu Meisterschaftsveranstaltung. Sie hat sich kaum mehr hier im Dorf blicken lassen. Umso begeisterter zeigte sich diese treue Bedienung, die Amalie, von Steve, dem neuen »Englischmann«: »Du bist also der Steffe, der Bub«, meinte sie glücklich ein um das andere Mal. So nebenbei stellte sie immer wieder ein Stamperl Enzianschnaps vor den Burschen hin, der in Nostalgie dahinschmolz und schwelgte.

Und so begab es sich, dass der Steffe nur noch mit kräftiger Unterstützung in sein Schlafgemach hinauffand. Ich dachte insgeheim: »Auch ein Engländer unterschätzt doch hin und wieder seine Trinkfestigkeit.« Während des Aufstiegs in den ersten Stock versprach er mir aber felsenfest, schon schwer verständlich formulierend, dass er mich über sein bevorstehendes Abenteuer und seine überraschend aufgetauchte Halbschwester aus Amerika gründlich informieren wolle. »Da kommst du rüber und wir erklimmen in die Rocky Mountains up«, so sein verlockendes Angebot.

Mir war zwar bewusst, dass ich im kommenden Jahr ziemlich ausgebucht wäre. Aber zu Weihnachten hin ließe sich das sicher bewerkstelligen. Und Skibergsteigen in den einsamen, tief verschneiten Rocky Mountains soll ja ein besonders tolles Erlebnis sein.

Scheinheilige Nacht

Der langhaarige Jackl war nicht nur unser bester Freund. Er brachte es auch problemlos fertig, unser anerkannter Anführer zu sein, obwohl er darauf gar keine Ansprüche erhob. Unsere Gang, wie man heute sagen würde, bestand insgesamt so etwa aus zwölf Jugendlichen, die alle schon Ärger mit Eltern, Lehrern oder sonstigen Amtspersonen durchgestanden hatten. Die Zeit von Ordnung und Gehorsam war vorbei, das widerspruchslose Einfügen in die entsprechende Staatsräson wurde von uns nicht mehr als gottgegeben hingenommen. Auch wenn der Herr Katechet vor nicht allzu langer Zeit geglaubt hatte, uns im Religionsunterricht immer wieder seine Anschauung der Dinge von der angeblichen höheren Warte aus und sogar mit unangenehmer Gewalt einprügeln zu müssen.

Wir waren aufmüpfig geworden. Damals galt man aber schon als Revoluzzer, wenn die Haare mit dem sogenannten Henkerschnitt nur etwas über den Hemdkragen gewachsen waren. Da musste man eventuell sogar schnell zum Verhör als möglicher

Staatsfeind. Noch dazu trieben echte Terroristen unter dem Namen RAF ihr Unwesen. Der gesamte Polizeiapparat war in äußerst nervösem Aufruhr.

In den bewegten Siebzigerjahren entstanden auch in unserer kleineren Stadt so etwas wie Kommunen. Diese galten schon von vornherein als völlig entartet, obwohl ihr schlechter Leumund reichlich übertrieben war. Wir jedenfalls wussten ziemlich genau, wie langweilig und normal es bei den guten Leuten zuging. Und für diese Form des Protestes waren wir noch etwas zu jung. »So was könnt ihr euch für immer aus dem Kopf schlagen«, meinte ein besorgter Vater. »Männlein und Weiblein unverheiratet unter einem Dach! So weit kommt es noch!«

Das sogenannte Spießbürgertum der Erwachsenen erntete aber gerade bei vielen Jungsternen ungewohnte Kritik. Auch wenn uns das nicht so bewusst war, lief eine kulturelle Erneuerung parallel dazu durch das Land. Es war die Zeit von Frank Zappa, John Mayall, der Beatles, der Rolling Stones, und im Radio lief Pop Sunday. Man zitierte Brecht, obwohl ihn seine Heimatstadt Augsburg immer noch am liebsten unter den Tisch gekehrt hätte. Die bayerische Mundart war nicht nur verpönt, sondern galt besonders in der Schule als minderwertig. Und wer Linkshänder war, wurde zum Schreiben mit der Rechten gezwungen.

Es erwies sich einfach als unmöglich, Rockiges, Blues und Dialekt in Verbindung zu bringen, so wie heutzutage. Nur Außenseiter in versteckten Kellern erprobten damals solche Unerhörtheiten. Und in den Kinos waren plötzlich französische und amerikanische Filme mit ungewöhnlich realistischen Handlungen und Freizügigkeiten aufgetaucht. Zwar wurde uns mit Anschlägen an den Kirchentüren davon abgeraten, weil sie sittenzersetzend und jugendzerstörend seien, aber gerade das war doch aus unserer Sicht die beste Reklame für die neuen Streifen. Die braven Heimatfilme mit ihrer stereotypen Heile-Welt-Vorgaukelung interessierten uns überhaupt nicht mehr. *Komm doch rüber übers Brückerl* oder *Der Förster vom Silberwald* waren out.

Und: Die sogenannten 68er, deren Einfluss sich bis heute bemerkbar macht, hatten nicht vergeblich eine Wende angestoßen. Ich kann mich noch gut entsinnen, wie der Jackl mit einer Doppelachtkamera daherkam und siegessicher verkündete: »In München sind neuerdings viele Jungfilmer am Werk. Das machen wir jetzt auch!« Er hatte im Programmkino *Türkendolch* einige experimentelle Streifen gesehen, und seine Begeisterung war echt ansteckend.

Noch dazu ging es allmählich auf Weihnachten zu, und sein erster Vorschlag für einen Filmtitel lautete: *Scheinheilige Nacht.* Wir waren stark beeindruckt und kamen uns schon beinahe wie echte Aufwiegler vor, auch wenn das heutzutage wie ein Zwergenaufstand daherkäme. Der begabte Jackl schrieb ein lockeres Drehbuch, der Rupert hatte sich ein schlaues Kompendium für Anfänger zur Kameraführung besorgt. Er verkündete anschließend routiniert: »Bewegte Szene von rechts, bewegte Szene von links, Totale und Verschwinden im Off.« Das hatte er schnell auswendig gelernt. »Das künstlerische Ambiente arbeite ich mit der Kameraführung heraus«, meinte er stolz und überzeugt. Und auf los begann die ganze Sache. Es wurde und sozusagen ernst.

Beinahe expeditionsmäßig strebte unser gesamter »Tross«, bestehend aus fünf Mann und einer aufgeschlossenen Gymnasiastin, die einige Schulabschnitte wiederholt hatte, sowie einer Sozialpraktikantin, unserer Filmlocation zu. Es handelte sich um eine kleine, winterlich verschneite Berghütte im abgelegenen Geigelsteingebiet. Wir freuten uns auch schon gewaltig, endlich schauspielerische Glanzleistungen zu vollbringen. Zunächst aber kämpften wir uns im ungespurten Neuschnee langsam aufwärts. Mit der Zeit wurden die Flocken, die uns der gute Himmel bescherte, immer dichter und nahmen uns bald jegliche Sicht. Es war wie ein Wunder, dass wir instinktiv doch die richtige Richtung gefunden hatten, nachdem wir schon fürchteten, im Bergwald einen Iglu zur Übernachtung bauen zu müssen.

Endlich, nach fünf Stunden, gruben wir den Eingang zur Hütte frei, und unser Basislager für eine, wie wir dachten, nie da gewesene Filmsensation war erreicht. Noch am Nachmittag – das Schneetreiben hatte aufgehört – begannen unsere Vorarbeiten für *Scheinheilige Nacht.* Wir bauten bis in die Dunkelheit hinein aus dem reichlich vorhandenen Schnee, der inzwischen recht nass und pappig geworden war, einen überdimensionalen, Golem-ähnlichen Weihnachts-Verkündigungsengel namens Alois Cherubim. Anschließend wurde er mit Lametta und Brezen dekorativ behängt, um eine gewisse Tradition zu simulieren. Vor dem gut gelungenen, mächtigen Wächter abendländischen Brauchtums pflanzten wir eine schöne Tanne auf, ebenfalls mit Lametta sowie Silberkugeln behängt, soweit sie uns beim Transport nicht zerbrochen waren. Aufgesteckte Kerzen wurden probeweise angezündet. Jedoch ein stärkerer Windhauch blies sie immer wieder aus.

Nach getaner, schweißtreibender Arbeit schlüpften wir völlig durchnässt und fix sowie fertig in unsere Hütte zurück. Morgen sollte dann die große Weihnachtsverkündigung mit blasphemischen Ritualen sowie selbst komponierten und auch gedichteten Carol-Singer-Songs in Szene gesetzt werden. Letztere kannten wir aus dem Englischunterricht und fanden sie als exotische Begleitung recht cool.

Als wir jedoch am nächsten Tag gut vorbereitet und tatendurstig aufwachten, wehte ein lauer Wind. Starker Föhn war in der Nacht ausgebrochen. Unser Kameramann meinte, als er niedergeschlagen aus dem Fenster blickte: »Das wird wieder ein schönes Stück Arbeit. Vielleicht sollten wir aufgeben.« Aber er wurde überstimmt.

Am Hang drüben vor der Hütte stand nämlich unser Alois Cherubim zwar noch, war jedoch auf die halbe Größe zusammengeschrumpft. Sofort legten wir wieder los, und so gegen Mittag erhob sich erneut der gute Wächter des Abendlandes und der Weihnacht aus dem schmelzenden Schnee.

Dabei war aber nicht alles glattgegangen. Unser Kameramann, der Rupert, war körperliche Anstrengungen nur mäßig gewohnt und nicht nur selbst zu dick, sondern hatte sich noch dazu viel zu dick angezogen. Im plötzlich aufgewärmten Klima und der Sonneneinstrahlung war er einfach umgefallen.

Ein leichter Hitzschlag hatte ihn ereilt. Aber schon nach kurzer Zeit wurde er aus seiner dicken Pelzjacke sowie zwei Schafwollpullovern befreit und mittels Hochprozentigem wieder aufgepäppelt. Tapfer wollte er sich wieder an der Restaurierung des Schneeriesen beteiligen. Doch wir gönnten ihm vorausschauend eine Erholungspause für seine weitere künstlerische Tätigkeit. Es gab ja hier oben keinerlei Notarzt oder Sanitäter.

Endlich konnten die Dreharbeiten beginnen. Nun stellte sich heraus, dass der Jackl, der findige Herr Drehbuchautor und Regisseur in Personalunion, leider seine Unterlagen zu Hause vergessen hatte. »Da müssen wir jetzt so gut als möglich improvisieren«, meinte er gelassen.

Doch das fiel uns nicht schwer. Die beiden Mädel waren hervorragend als Engel verkleidet und sollten in dieser Eigenschaft auf Skiern aus höheren Sphären den steilen Hang herunterflitzen, um sich wachhabend neben dem Schnee-Alois zu postieren.

Leider gingen die zwei ersten Einstellungen schief. Beide Male stürzten unsere Engel kurz vor dem Ziel, indem sie im nassen Schnee zusammenstießen. Sie überlebten zwar kichernd die Konfrontationen, aber es dauerte doch, bis sie wieder startklar geworden waren. Das konnte man aber für so einen kritischen Film auch als Gag verwenden.

Die dritte Einstellung klappte ohne Kollision, und nun schlichen wir Burschen als bösartige Teufelsbraten, angetan mit schwarzen, sackartigen Kostümen und gehörnten Teufelsmützen, hinter ein paar Bäumen hervor. Mit einem durchdringenden Singsang, den wir schaurig und laut mehrstimmig intonierten, vertrieben wir die zwei lieblichen Wächterengel. Sie mussten widerstrebend weichen. Dann erfolgte der götzenhafte Tanz vor der unwirsch blickenden Schneestatue. Der Singsang bestand nur aus vier Wörtern: »Stille Nacht, scheinheilige Nacht«. Jetzt kamen aber die abgeblitzten zwei Engel wieder hinter dem mächtigen Cherub-Schneeburschen hervor und sangen silberhell wie echte Carol-Sängerinnen von Friede und heiler Welt. Sie erzeugten erfolgreich eine spießige, scheinheilige Weihnachtsstimmung.

So wogte das heillose Durcheinander eine Zeit lang hin und her, bis der mächtige Schnee-Alois, von hinten und von starken Händen bewegt, plötzlich in die furiose Szene stürzte. Unerwartet begrub er auch den Christbaum und teilweise die Schauspieler unter sich. Es dauerte einige Zeit, bis man wieder an der Oberfläche weiter agieren konnte.

Die Engel triumphierten zunächst. Noch. Aber gar nicht lange, dann wurden sie mit Schneebällen so lange eingedeckt, das heißt beworfen, bis sie eingesehen hatten, dass Weihnachten auch unfriedlich daherkommen kann. Die gesamte spießige und verstaubte Überlieferungssache erstarb in überlautem Jubel.

Am Abend feierten wir dann in der gemütlichen Hütte ziemlich lange und vollauf zufrieden mit unseren tollen, etwas improvisierten Einfällen. Die kontraproduktive Aufarbeitung zum üblichen »Friede, Freude, Eierkuchen« war nach unserer Meinung hervorragend gelungen. Nur über die Vermarktung unserer zwölf oder fünfzehn Filmspulen betragenden Ausbeute herrschte große Uneinigkeit. »Vielleicht können wir auch im Münchener Filmtheater *Türkendolch* mit unserem tollen Film Fuß fassen?«, meinte unser Kameramann ernsthaft. Da waren wir schon der Meinung, dass unser Kurzfilm ein wichtiger Beitrag zur allgemeinen Kritik an den verstaubten Überlieferungen und am Spießbürgertum sein könnte.

Am 24. Dezember, dem unerbittlich wieder eingetroffenen Heiligen Abend, konnte kaum einer von uns dem üblichen, familienmäßigen Glück der Weihnacht entrinnen. Doch schon am übernächsten Abend trafen wir uns zur konspirativen Sitzung und Filmvorführung unseres mühsam gelungenen Streifens. Wir waren dann auch stark, wenn auch unangenehm überrascht, weil fast alle Szenen so unterbelichtet erschienen, so dass unsere künstlerische Großtat selbst bei gutem Willen nicht mehr recht erkennbar war. Der Jackl meinte dazu nur lakonisch: »Wir nehmen das als Trainingsarbeit, und für nächstes Weihnachten geht's dann aber richtig los!« Er sah, wie üblich, wieder einmal alles sozusagen von einer höheren Warte aus, wie früher der Herr Katechet im Religionsunterricht, wenn auch in ganz anderer Beziehung. Über die Vermarktung wurde jedoch vorläufig kein einziges Wort mehr verloren.

Der gute Jackl hat sich später sehr verändert. Er gründete sogar einen Kirchenchor und ist seit einiger Zeit als Mesner tätig. Immer am 24. Dezember sitzt er mit seiner gesamten Familie glücklich in der Christmette. Seine blasphemische Revoluzzereinstellung hat sich vollkommen verflüchtigt.

Die wichtigen Synapsen, akademisch gesehen

Der Moritz war ein aufgeweckter, seit Kurzem schulpflichtiger Newcomer aus einer glücklichen, weißblauen Umgebung nebst Familie im südlichsten Teil der Bundesrepublik Deutschland. Diesen Landstrich nennt man neuerdings meist »Upper Bavaria« und schwadroniert in reinem »Denglisch« darüber. Sogar bayerische Politiker zeigen gerne ihre fundierten Englischkenntnisse, wenn sie im Ausland über ihre Heimat berichten.

In seinem kurzen Leben hatte der wissbegierige Bengel schon bald kräftig Anteil an den wichtigsten Dingen des Daseins und Hierseins genommen. Unter der weihnachtlichen Tanne sitzend sortierte er in sich selbst versunken seine Geschenke, die er gestern erhalten hatte. Berta und Boris, entfernte Verwandte, waren als seltene Gäste wieder einmal zu Besuch. Das Ehepaar setzte gerade zum allgemeinen Smalltalk an, den Kinder meist widerstandslos über sich ergehen lassen müssen. Doch schon proklamierte der aufgeweckte Bub, vorbeugend und blitzschnell, bevor die guten Leute ihre Fangfragen stellen konnten: »Ich bin sieben Jahre, meine Miezekatze heißt Flocki und ich selber Moritz. Und weil jetzt Ferien sind, habe ich keine Schule, und Weihnachten ist mir sowieso lieber, und morgen fahren wir in die Berge und nehmen den Schlitten mit und meinen Freund, den Martl. Und wie heißt du?« Damit widmete er sich wieder seinen Geschenken.

Unbewusst hatte er den beiden sämtlichen Wind aus den Segeln genommen. Es war ja somit alles gesagt, und er hatte die lästige Fragerei schlau umgekehrt.

Die überraschten Verwandten murmelten noch undeutlich eine Antwort und wandten sich lieber wieder den Erwachsenen zu. Kinder fanden sie sowieso manchmal etwas unheimlich, auch weil deren spontane, unsachliche Äußerungen schwer als berechenbar einzustufen sind. Sie selbst waren selbstbewusste und stark gebildete Akademiker, weit gereist und unheimlich gescheit. Daher zeigten sich ihre Ausführungen und vortragsmäßigen, kompetenten Beiträge zur Unterhaltung besonders dominant, wenn auch nicht immer beliebt.

Gerade wenn Leute alles wissen, entsteht bei den anderen hin und wieder eine trotzige Ablehnung. Man spricht in solchen Zusammenhängen gerne von Siebengescheiten oder Besserwissern, auch oder gerade weil sie wirklich vieles wirklich besser wissen, zumindest wenn man es rein wissenschaftlich und technisch betrachtet. Trotzdem hat das keiner besonders gern. Das merkten die beiden allerdings nicht, weil doch jeder glücklich sein sollte über ihre fundierten Beiträge.

Die Eltern des Buben – ein Gymnasiallehrer und eine Sozialarbeiterin – dachten sich für ihren Sprössling immer wieder besondere, spielerische Möglichkeiten aus, »um die sogenannten Synapsen im Köpfchen des Jungen gehörig zu verknüpfen«, wie sie öfter betonten. Ein schlauer, wendiger Bürger sollte umgehend aus ihm werden. Das waren sie sich und dem Buben, doch schon von ihren Berufen her gesehen, wirklich schuldig.

Die Zutat zu diesem eigens entwickelten, aber eigentlich unkomplizierten Spiel hatte der hoffnungsvolle Bub unter anderen Präsenten am Vortag als Weihnachtsgeschenk erhalten. Es wurde sein liebstes Geschenk, wenn es ihm auch rätselhaft blieb: ein antiquarisches dickes Lexikon, in Leder gebunden und schon mit stärkeren Gebrauchsspuren. Das betagte Werk stammte aus dem längst verflossenen Jahr 1890. Schon damals wurden ja dudenmäßig Begriffe und Bezeichnungen aller Art redlich zusammengetragen, um der Menschheit die umfangreiche, nötige Bildung zuzuführen. Wie man weiß, war so ein Kompendium durch den Fleiß entsprechend gelehrter Leute entstanden. Und gerade weil darin unter anderem heutzutage längst verwehte, außer Gebrauch gekommene Dinge und Begriffe aufgeführt sind, entsprang daraus ein zusätzlicher Reiz.

Jeder lernbegierige Bürger bemühte sich ja auch damals schon, aus dem umfänglichen Inhalt solcher Wälzer wenigstens ein paar Dinge in sich aufzunehmen, um immer wieder einmal seine Allgemeinbildung oder das, was man dafür hielt, auf Vordermann zu bringen. Ein großer Teile dieser vielen Tausend

Begriffe war aber zu jener Zeit – genau wie heute – nicht nur unwichtig, sondern auch für das normale Leben kaum zu verwenden. Da konnte man sie doch auch ungestraft zweckentfremden. Und das war die locker gestrickte, respektlose Essenz des Spieles.

Was sich die Eltern ausgedacht hatten, welch einfache, aber hintergründige Struktur diese etwas ausgefallene Unterhaltung hatte, ist schnell erläutert. Der Bub durfte mit geschlossenen Augen den dicken Wälzer an x-beliebiger Stelle aufschlagen und mit dem Zeigefinger auf ein so mehr oder weniger nach dem Zufallsprinzip ausgewähltes Wort deuten. Das sollte er laut und deutlich vorlesen. Die Aneinanderreihung von Buchstaben bewältigte er ja bereits recht erfolgreich.

Dass dabei exotische und eigenartige Begriffe auftauchten, von denen der Bub, ja oft auch die Erwachsenen, keinerlei Ahnung hatten, ist nur zu verständlich. Er wusste fast immer so gut wie kaum, was gemeint sein sollte, aber seine Synapsenverbindungen und damit seine blühenden Einfälle zum jeweiligen Begriff erlebten dabei eine Hochkonjunktur. Und das gerade dadurch, dass das nicht vorhersehbare Sprachgebilde ja durch ihn, den Siebenjährigen, eine völlig neue Deutung erhielt. Unvoreingenommen und munter, wie nur Kinder sein können, spielte er begeistert mit, und seiner Fantasie waren hier keinerlei Grenzen gesetzt.

Wie man weiß, sind die Einbildungskraft und deren Verbindung mit der Wirklichkeit immer noch Faktoren, die man nicht einmal mit einem bestens ausgeklügelten Intelligenztest messen kann. Ein gelernter Wissenschaftler aus der Richtung Psychologie würde es wahrscheinlich so auf den Punkt bringen: »Der eloquente Knabe schüttet dabei reichlich Endorphine und Glückshormone aus und regt neue Verbindungen im Gehirn an.«

Damit führten ihn die Eltern spielerisch in die bunte Welt von Humor, Zufall, Kreativität und oft auch abstrakter Sinngebung ein, und es zeigte sich wieder einmal, dass Sprache sowieso ein eigenartiges, konstruiertes Produkt des Zufalls ist. Aber weil sie ja doch etwas von sich eingenommen waren und sich sogar ziemlich belesen fühlten, musste der romantische Dichter Novalis dazu herhalten: »Es ist eigentlich um das Sprechen und das Schreiben eine närrische Sache. Das rechte Gespräch ist ja nur ein bloßes Wortspiel!« Und das sind ja auch, so dachten sie, so ziemlich die wesentlichen Bestandteile eines Lebens, der kaum durchschaubaren Existenz des *Homo sapiens.* Gebildet, wie sie nun einmal daherkamen, dozierten sie nachdrücklich: »Damit meistert der schlaue Mensch sogar einen nicht zu leugnenden gewissen Unsinn des Daseins. Heutzutage muss man doch ernsthaft sozusagen mit allen Wassern gewaschen sein, um einigermaßen froh und geistreich zu überleben.«

Vor allem glaubten die schlauen Eltern des hoffnungsvollen Sprösslings zu erkennen, sogar umgehend, was für die Entwicklung einer überschäumenden Lebensfreude das Wichtigste sein muss. Die nachdenkliche, sozial stark gebildete Mutter: »Es ist das spontane Erfassen und Verbinden von allen möglichen Eindrücken sowie Glücklichsein – und sonst so gut wie nichts mehr.« Und da hatte sie sicher problemlos einigermaßen recht, weil damit vielleicht alles eingeschlossen ist. Sozialer könnte das kaum auf den entscheidenden Punkt gebracht werden, oder?

An diesem Ersten Weihnachtsfeiertag – draußen stürmte und schneite es ziemlich unwirtlich – erfuhr das neue Spiel bereits seine Höhepunkte. Die echten Bienenwachskerzen am Christbaum brannten und leuchteten heimelig vor sich hin. Auch die Besucher wurden herzlich mit einbezogen. Der Bub schlug nach dem Kommando: »Auf los geht's los!« irgendeine Seite auf. Mit geschlossenen Augen traf sein Finger das komische Wort »Automorphose«.

Nach dem Zuklappen des Buches durfte der Junior zuerst das Wort schreiben und dann raten, was das sein sollte. Sofort sprudelte das Bürschchen los: »Das ist ein ausländisches Auto, und der Fahrer heißt Morp, und er hat eine volle Hose.« Zur Vertiefung seiner fantasievollen Einfälle konnte er anschließend ein Bild von seiner problemlos gefundenen Deutung malen. Mit dem skurrilen, bunten Gemälde unterstrich der Bengel noch seine spaßige Vorstellung.

Das nächste Wortungetüm, das sich wieder zufällig fand, war klangvoll und recht exotisch: »Amarylidazeen.« Und die unkonventionelle, bayerisch gefärbte Lösung des Kleinen lautete: »Die Mary zählt ihre Zehen und die Lida aa.« Ein weiteres lustiges Bild entstand, und schon ging es weiter, diesmal lateinisch: »Natalis Domini.« Der Bub schreckte aber keinesfalls vor dieser als tot zu bezeichnenden Sprache zurück: »Eine Natter und zwei Aale beißn do mi nie«, und er zeigte auf seinen Hintern. Das Bild zu diesen Ausführungen wurde dabei zu einem richtigen, rätselvollen, humorigen Rebus.

Nun durften die erwachsenen Besucher, Berta und Boris, ihr Glück ebenfalls versuchen. Der neue Begriff aus dem Wälzer war schnell gefunden: »Prozession«. Eine umständliche Erklärung und Erläuterung war die Folge, obwohl eigentlich alle außer Moritz den Begriff bestens kannten. Das Akademiker-Ehepaar konnte kaum mehr gebremst werden in seinen wissenschaftlich fundierten Äußerungen und Bedeutungen zu diesem Begriff.

Da stellte sich wieder einmal deutlich heraus, was fundierte Bildung so alles anrichten kann. Ungefragt erklärte der kleine Moritz plötzlich dazwischen: »Einen Protz ess ich nie.« Siegessicher und bayerisch geprägt kam diese völlig andere Deutung wie aus der Pistole geschossen auf die verblüfften Akademiker zu. Wahrscheinlich zum ersten Mal in ihrer erfolgreichen, wissenschaftlich gestützten Laufbahn zeigten sie sich sprachlos. Und weil alle anderen herzlich lachen mussten, beteiligten sie sich, vorläufig beleidigt und in ihrem fundierten Wissen schwer getroffen sowie protestmäßig schweigend, nicht mehr am lockeren Spiel.

Die Zeit verging trotz der verbalen Blockade der Verwandten wieder einmal wie im Fluge. Das Spiel bot ja genügend Spaß und Grund zu Diskussionen und damit einen wirklich anregenden Zeitvertreib. Eine stattliche Anzahl meist eigenartiger, exotisch anmutender Wörter und Begriffe mit noch eigenartigeren Deutungen ließ keinerlei Langeweile aufkommen. Draußen pfiff der eisige Nordwind um das Haus, und der Kaminofen, aus speziellem Speckstein gefertigt, strahlte wohlige Wärme aus. Zum Schluss wurden die ganz schön verrückten Bilder galeriemäßig am Boden ausgelegt und ihre überraschenden, unkonventionellen Aussagen nebst dem ursprünglichen Sinn ausgiebig besprochen und belacht.

Endlich fand auch unser gebildetes Ehepaar die Sprache wieder. Und das, wie gewohnt, besonders nachdrücklich. Da wurde es wieder einmal ganz schön wissenschaftlich-akademisch und psychologisch-lehrbuchmäßig wichtig. Man merkte sofort, dass die beiden keinesfalls »auf der Brennsuppn dahergeschwommen« waren.

Der Moritz verhielt sich zunächst neutral. Nur seine strahlenden Augen verrieten die heftige Anteilnahme am Geschehen. Dann fragte er überraschend, interessiert und neugierig bohrend: »Wieso ist der Boris zu uns verwandt und sogar die Berta, und warum wissen sie alles, so eine Schule gibt es doch gar nicht, und wie alt sind sie, und warum haben sie keine Miezekatze, und warum haben sie überhaupt keine Kinder nicht?«

Daran kann man wieder einmal sehen, dass selbst aus den gebildetsten Familien immer wieder ganz normale Kinder herausgeboren werden.

Der verschwundene Gewinn

Der Name Durchdentann ist zwar äußerst ungewöhnlich und selten. Noch dazu wenn man selbst so heißt. Aber bis vor einigen Jahren war das sogar tatsächlich das Markenzeichen einer beliebten Baumschule im Nachbarort. Durch gepflegt herangezogene Baumsorten, Ziersträucher, Nutzpflanzen und sonstige erlesene Gartengewächse sowie einen tüchtigen Unternehmer konnte nach und nach ein blühendes Geschäft entstehen.

Die Vorfahren des Besitzers stammten aus einer langen Ahnenreihe, auf die er oft zurückblickte, wenn auch mit gemischten Gefühlen. Und das hatte seinen Grund. In der Nähe eines sogenannten oberbayerischen Vorzeigedorfes mit einer Kulisse, wie geschaffen für geschmackvolle Heimatfilme aus den Sechzigerjahren des vorigen Jahrhunderts, sind heute noch die Reste einer bescheidenen Burg zu finden. Sie verstecken sich auf einem abgelegenen, kleinen, umwaldeten Hügel. Der ausdauernde Wanderer, der sich dorthin verirrt, blickt überrascht auf die wenigen Mauerteile und auf von Brennnesseln überwucherte Quader der einstigen romantischen Burg. Das war der Familiensitz und die Wurzel dieses Stammbaumes.

Damals, lange vor unserer Zeit, zeigte sich der Name des stolzen Geschlechts wesentlich ausgedehnter. Die Freiherren von und zu Durchdentann fielen aber in Ungnade, weil sie munter und gewinnbringend krumme Geschäfte betrieben hatten. Es ging um den Handel, Wandel und Verkauf von Besitzrechten, die sich nie und nimmer in ihrem eigenen Besitz befunden hatten.

Was heutzutage, zumindest für einige gierige Geldinstitute und in verfeinerter, durchtriebener Form, gang und gäbe geworden ist, wurde damals sofort strafrechtlich und unnachgiebig verfolgt, sobald es an den Tag gekommen war. Noch dazu waren anscheinend die Vorgesetzten, damalige Herzöge und Grafen, unangenehm von den Machenschaften betroffen. Glücklicherweise soll wenigstens Seine Majestät, der Kaiser persönlich, außen vor geblieben sein. Sonst wäre die Strafe bestimmt bei Weitem höher und schmerzhafter ausgefallen.

Trotzdem kam das alles natürlich gar nicht gut an. Neben der Zerstörung des gemütlichen Familiensitzes stutzten die aufgebrachten Höherstehenden auch den schönen Namen erheblich. Der Freiherrentitel sowie das »von« und das »zu« wurden umgehend aberkannt und für alle Zeiten eingezogen. Es war wie ein Wunder, dass die durchtriebenen Durchdentanner damals mit dem nackten Leben davonkamen und somit ein späterer Nachfahre die dann immer besser laufende Baumschule gründen konnte. Sie passte ja auch hervorragend zum Namen. Das war ihm schnell klar.

Die Baumschule florierte schon nach kurzer Zeit erheblich, und auch mit Christbäumen konnte der Durchdentanner immer wieder ein recht gutes Geschäft erzielen, wenn der Advent eintraf und Weihnachten wie gewohnt nahte. Waren es zunächst überwiegend natürlich gewachsene Fichten aus seinem nicht ganz genau abgegrenzten Privatwald, die er anbot, bildeten bald immer häufiger streng gezüchtete Nordmanntannen die Haupteinnahmequelle vor dem hohen Fest. Vielleicht auch weil ein kleinlicher Bauersmann, der Waldnachbar, schon früh im Advent lauernd um seine Bäume schleichen musste. Noch dazu patrouillierte dieser pedantische Korinthenkacker mit einer ziemlich scharfen, hoch gewachsenen Deutschen Dogge durch seinen Besitz. Und diese wollte niemals nicht mit sich spaßen lassen.

Aber der Durchdentanner ließ sich keineswegs durch so kleinliche, unerwartete Hindernisse aus seiner vorzüglich gezielten Erfolgsbahn werfen. Eines Nachts – er brütete wieder einmal im Traum über einer neuen Geschäftsinnovation – wachte er befriedigt und tatendurstig sowie erfrischt auf. Ein besonderer Event sollte sein Geschäft noch erheblich verbessern. Und bestimmt, so dachte der einfallsreiche Mann, war damit auch der unangenehme Trend zu seelenlosen Plastikchristbäumen einzudämmen. Diese wurden nämlich als lästige, aufdringliche Konkurrenten immer gefährlicher. Einerseits verbittert, andererseits wieder realistisch murmelte er nachdenklich vor sich hin: »So ein künstliches Elaborat wird leider immer praktischer und ist noch dazu unverwüstlich, ja sogar zusammenfaltbar sowie viele Jahre im Umlauf. Allmählich bietet ja schon beinahe jeder unpersönliche Supermarkt solche traditionslose Kunstware an. Wo bleiben da weihnachtlicher Sinn und Überlieferung?« Nur ganz am Rande und versteckt spielte er heimlich mit der Überlegung, so einen Plastikbaum testhalber zu erwerben.

Er liebäugelte vernünftiger mit einer interessanten Nadelbaumvariation. Die Blautanne, eigentlich eine stachelige, robuste Fichtenart, beheimatet in den fernen Rocky Mountains, hatte er, geschäftstüchtig, wie er schon immer gewesen war, dafür auserkoren. Er begann umgehend mit der Pflanzung, und nach entsprechender Zeit des Wachstums blickte er zufrieden und ergriffen über seinen neuen, schön gefärbten Jungwald hin.

Bald würde es so weit sein. Viele Hunderte der dekorativ blau schimmernden Bäume ortsfremd-amerikanischer Art konnten in diesem Jahr zum Verkauf angeboten werden. Der Durchdentanner witterte mit diesem Einfall, bestimmt folgerichtig, einen besonders guten Fang. Gerade in den Vorgärten zahlungskräftiger Kunden wuchs doch öfter, wenn auch solitär, eine schmucke Blautanne, auch im Winter, wenn die ebenfalls geliebten Forsythien kahl und blütenlos umherstanden. Diese Klientel war demnach schon an solche Exoten aus den Rocky Mountains gewöhnt und würde sicher den Geldbeutel dafür weit aufmachen. Zufrieden sowohl als auch händereibend konnte er die toll gewachsenen Bäume schmunzelnd begutachten.

Doch er freute sich zu früh. Niemand, auch er nicht, konnte die Unbilden eines heraufziehenden Schicksals einfach so auf die leichte Schulter nehmen. Auch wenn alles noch so systematisch und vorausschauend bedacht daherkam – hier hatte er sich kläglich verrechnet. Wie sich umgehend zeigen wird, ist vielleicht doch zumindest etwas dran an dem ehrwürdigen Sprichwort: »Der Mensch denkt, und Gott lenkt!« Sogar wenn es um dessen eigene, höhere, weihnachtsbezogene Dinge geht.

Denn an dem Tag, an dem die üppige Ernte geplant war, traf völlig überraschend eine fürchterliche Enttäuschung ein. Bis auf zwei Bäumchen war nichts mehr von den prächtig gewachsenen Zöglingen übrig. Weit und breit konnten die schönen Gewächse nicht mehr gesichtet werden. Mir nichts, dir nichts mussten sie dem Verschwinden anheimgefallen sein.

Später wollten Zeugen einige Lastwagen mit osteuropäischen Kennzeichen am Tatort gesehen haben, die in der Dämmerung und mit Christbäumen übervoll beladen eilig im Nebel entschwunden waren. So wie die Sache lag, war zu befürchten: auf Nimmerwiedersehen. Welcher Polizist jagt schon einem Hals über Kopf davongeeilten Baumtransport hinterher?

Am 24. Dezember sitzt dann der arme Bestohlene in seinem Wintergarten, bepflanzt mit seltenen, erlesenen exotischen Gewächsen. Doch traurig betrachtet er nur noch seine geschmackvoll geschmückten, durch echte Wachskerzen zum Strahlen gebrachten verbliebenen zwei blauen Nadelträger: »Anscheinend gibt es weder in den Karpaten noch in der Hohen Tatra Blautannen. Warum sollte man sich denn sonst an solch traditionsträchtigen christlichen Symbolen vergreifen?«

Seine stark sozial und immer hilfsbereit denkende Ehefrau meint beschwichtigend: »Sei jetzt nicht gleich traurig. Die Leute sind eben arm und trotzdem katholisch. Du hast bestimmt ein gutes Werk getan! Strahlende Kinderaugen lindern sicherlich deinen herben Verlust.«

Doch das tröstet den ehemaligen Besitzer der schönen, ebenmäßig gewachsenen Blautannen zunächst nur ganz schwach. Selbst wenn er daran denkt, dass diese jetzt vielleicht in einem besonders christkatholischen Land, das sogar einen Papst hervorgebracht hat, festlich geschmückt und illuminiert große Freude hervorrufen.

Besorgt erklärt seine liebe Frau: »Das ist jetzt die dritte Flasche Blauburgunder. Meinst du nicht, wir sollten den Verlust langsam vergessen?«

Allmählich erholt sich der Bestohlene, wenn auch mühsam. Noch zürnt er jedoch diesen rigoros klauenden Leuten, ob katholisch oder nicht, auch wenn die Ware in jedem Fall christlich geprägt war: »Da bekommt man ja direkt Klaustrophobie!«

Seine Angetraute merkt jetzt erleichtert, dass er schon weit weniger betroffen sein muss. Schmunzelnd erwidert sie: »Jetzt trinkst du noch ein kühles Bier zur absoluten Beruhigung, und dann vergisst du die ganze Sache schnell. Wir nagen doch deswegen keinesfalls sozusagen am Hungertuch, oder?«

Nachdenklich, aber bereits wieder nicht mehr ganz so niedergeschlagen und schon beinahe etwas heiter meint er dazu: »Aber bitte kein Bitburger, ein Clausthaler soll es sein!«

So kommt man doch irgendwann mit etwas Humor und Weitsicht über einen wirklich nicht lebensbedrohlichen Verlust hinweg. Und weil die beiden schon länger kaum mehr die Jüngsten sowie bereits mit grauen Häuptern versehen waren, traf umgehend noch ein längst fälliger, weiser, glücklicher Entschluss von ihm ein.

Der wieder gefasst und zuversichtlich in die Zukunft blickende Durchdentanner: »Weißt du was, wir machen den Laden einfach dicht. Schon ewig wollten wir doch ausgiebig und ausgedehnt einmal wieder richtig Urlaub machen, oder?«

Seine überglückliche, fast wie die verbliebenen Christbäume strahlende Frau: »Das haben wir uns auch redlich verdient, oder? Ich wüsste da ein traumhaft schönes Land voller Seen und ausgedehnter Wälder, ohne Blautannen, drüben im Osten, in das sogar ein früherer, heiliger Papst hineingeboren wurde!«

Champagnerpowder

Obgleich die Alpen einen ausgezeichneten Ruf als ansehnliches Gebirge besitzen, bringt es das überwiegend maritime Klima mit sich, dass nur in sogenannten Hochlagen, also ziemlich weit oben, der wirklich feinste Pulverschnee den anspruchsvollen Tourenskifahrer befriedigen kann. Doch der verwandelt sich selbst hier oben bald darauf schnell, und die weiße Pracht verkrustet in Windeseile zu unliebsamem Harsch. Föhnstimmungen und Sonneneinfall sind die Auslöser dafür.

Dann müht man sich unter dem Krachen und Splittern der entstandenen Eisoberdecke ebenso wie auch unter Sturzgefahr die Hänge hinab. Wer wirklich und garantiert das fantastische Gefühl erleben will, schwerelos wie durch eisgekühlten Schaum zu Tale zu schweben, der muss nach Kanada hinüber. Das Zauberwort heißt Heliskiing. Aber auch die präparierten Pisten sind dort ausgestattet mit diesem speziellen Schnee. Die besondere Sorte der feinen Kristalle verdiente es, endlich unter Naturschutz gestellt zu werden. Es ist der sogenannte

d'Ampezzo im Jahr 1956. In allen damals ausgetragenen alpinen Ski-Disziplinen von der Abfahrt über den normalen Slalom bis sogar zum riesigen Slalom begründete er seinen Nimbus der Unbesiegbarkeit. Es ist wirklich legendär, wie er, mit seiner weißen Zipfelmütze und den Lederriemen um die flatternde Keilhose, zeitmäßig uneinholbar, nach Art eines geölten Blitzes die Hänge herabbrauste.

Später kurvte er als Filmstar und Frauenidol in seinem unverwechselbaren Rennstil die Kinoleinwände herunter. Es folgten über zwanzig abendfüllende Streifen. Er war wirklich der »König der silbernen Berge«, so einer der Filmtitel. Auch als singender Kitzbüheler Showstar war er einmalig – zunächst, bis der heute auch nicht schlecht agierende Hansi Hinterseer kam.

Sailers Name wurde zur Legende. Es ist also kaum verwunderlich, wenn seitdem viele weitere Skilehrer mit dem ehrenvollen Namen Toni sowie ihren Schülerinnen und Schülern die Pisten und Steilhänge herabbrausen. Gäbe es im gehobenen Wintersport sozusagen eine Art von Heiligsprechung, würde sich der berühmte »schwarze Blitz von Kitz« mit absoluter Sicherheit ganz oben auf der Kandidatenliste befinden.

Ein neuer, wesentlich jüngerer Toni musste, wie das unbestechliche Schicksal so spielt, leider unfreiwillig nach Kanada ausweichen. Vom Äußeren her kam er aus einer ähnlichen Kategorie wie der große Sieger-Toni. Der smarte Naturbursche sah nicht nur gut aus, nein, sogar besonders gut. Nämlich fast noch besser als sein Namenskollege und heimliches

Vorbild, der berühmte Leinwandheld, Songsinger und Sailer. Und das sogar ohne weiße Zipfelmütze.

Leutselig und offen wie er war, hatte er versehentlich eine hübsche, junge, blonde Holländerin geschwängert, was er aber lange weder wusste noch erahnte. Er war sogar ziemlich stark verknallt in das Flachlandmädel aus dem berühmten Käseland.

All das stellte sich bei ihm als ziemlich neu heraus, weil seine bisherigen Eroberungen nicht mehr als nötig von ihm wollten. Trotz aufkeimender Sehnsucht nach dem eloquenten Girl wurde er leider stark schwankend. Bei der letzten Begegnung, noch dazu am Heiligen Abend neben der schlanken, geschmackvoll geschmückten Tanne, entstanden sogar vage Heiratsabsichten. Diese entfleuchten ihm beinahe unbewusst: »Liebe Rieke, mit uns könnte es schon vielleicht etwas Ernsteres werden, oder?«

So ernst war es ihm noch nie in seiner Laufbahn als Skilehrer und Herzensbrecher gewesen. Jedoch verschloss ein vorläufig unbeugsamer, ja sträflicher Stolz der hoch gewachsenen, eleganten jungen Frau zunächst den erotisch geschwungenen Mund. Sie war aber nicht nur besonders hübsch, sondern auch ziemlich resolut, scharfzüngig, intelligent und dominierend. Da kann so ein einfacher Naturbursche schon etwas Angst entwickeln.

Und so geschah es auch. In Abwägung seiner starken Sucht nach Freiheit und Ungebundenheit verschlug es ihn deshalb, leider überstürzt, weit weg und sogar über den breiten Atlantischen Ozean bis in die kanadischen Berge hinüber. Auch wenn er das nach und nach, ja sogar immer öfter, bereute.

Nicht zuletzt gaben aber auch Querelen mit der heimischen Skilehrerorganisation den Ausschlag. Dort lösten sein Unabhängigkeitsdrang und seine unverstellte, geradlinige Art bei den humorlosen Leitern und Managern der staatlich organisierten Zunft großes Unbehagen aus. So gut wie überall weiß doch jeder: Es soll nie jemand etwas Kritisches sagen, noch dazu wenn es stimmt. Viel eher schon ist es allgemein erwünscht, mit schön formulierten Lobhudeleien um sich zu werfen.

In Kanada nahm man ihn als tüchtigen, versierten Ski- und Tourenführer sofort mit offenen Armen in Empfang. Im fremden Land litt er aber unter einem bohrenden, schmerzenden Gefühl, das ihn oft peinigte. Zuerst dachte er an Heimweh, aber es war bedeutend mehr. Die taffe Rieke schlich sich immer wieder in seine Gedanken hinein und nur schwer wieder heraus. Da trat oft sekundenlang mitten in seiner bewundernswerten Fröhlichkeit und seinem Vorwitz ein eigenartiger Anflug von Melancholie bei ihm ein.

Die erste Zeit war ziemlich hart. Sein Englisch kam nur mühsam in die unbedingt nötigen Gänge, auch durch den kanadischen Slang erschwert. Jeder, der in Kanada genau hinhört – und das muss man –, denkt sich wahrscheinlich: Die haben ja den Buchstaben A verschluckt, bevor er sich ganz tief und guttural wieder befreit. Dieses originelle, abgründige A ist ansonsten, außer in Niederbayern und in der Oberpfalz, so gut wie unbekannt.

Aber noch wesentlich schwerer hatten es zwei junge, aufstrebende Berber, die aus dem Königreich

Marokko als angebliche Skilehrer bis vom Hohen Atlas herübergeflüchtet waren. Der Toni freundete sich schnell und herzlich mit den beiden an.

Sie hatten daheim im afrikanischen Land unbedingt eine Firma für Heliskiing gründen wollen. Dabei legten sie sich mit der konservativen Regierung ziemlich stark an. Ihre Begründung, dass der Hohe Atlas mit seinen Viertausendern die ideale Kulisse dafür wäre, zeigte sich aber in den Wind gesprochen. Sie waren nämlich dazu auch noch aufmüpfig geworden und entwichen gerade noch rechtzeitig immer handfester werdenden Drohungen.

Im Grunde, von ihrem unabhängig-freien Charakter her, war ihre Ähnlichkeit mit dem Toni, trotz äußerlicher Verschiedenheit, frappierend. Und so wurden der Idir und der Izri die besten Freunde des Kitzbühelers. Ihr Skilehrerkönnen hinkte zwar zunächst noch etwas, aber der Toni brachte sie schnell auf ein brauchbares Level in der Kunst dieses speziellen Wintersports. Ihm gestanden sie auch unumwunden, dass sie in Wirklichkeit Eseltreiber im hoch gelegenen Nationalpark und nur gelegentlich Skitourenguides am Toubkal, dem 4167 Meter hohen Atlasriesen, gewesen waren. Das war gar nicht verwunderlich, denn der Schwarze Erdteil hat doch, insgesamt gesehen, weit mehr Eseltreiber als Skilehrer.

Da die zwei sich als einigermaßen überzeugte Muslims entpuppten, begrüßte sie der Toni jeden Morgen mit dem selbst erfundenen Skiführergruß »Slalom aleikum«. Es zeigte sich aber bald, dass er es nicht mit fanatischen Leuten zu tun hatte. Sie aßen zwar kein Schweinefleisch, nämlich aus vegetarischen

Tierschutzgründen, aber dem Weißbier, das Toni aus Europa einführte, konnten sie schon ausgiebig zusprechen. Auch mit dem ständigen Beten nahmen sie es eher ungenau.

Das stellte sich nicht zuletzt dadurch heraus, dass der Witzbold Toni des Öfteren, ja sogar immer wieder einmal, ihre Gebetsteppiche versteckt hatte. Der verschmitzte Izri darauf: »Unser lieber Allah kann auch einmal etwas warten. Der hat ja alle Zeit des Lebens und der Ewigkeit. Soll er inzwischen doch mit seinem schlauen Propheten über eine Entschärfung des Korans in Richtung mehr Menschlichkeit diskutieren! Auch weshalb er so nachdrücklich auf der Verhüllung und Benachteiligung unserer weiblichen Schönheiten besteht, ist mir schleierhaft. Meine Freundin, die hoffentlich auch bald hier eintrifft, hatte jedenfalls damit schon immer ihre Probleme. Mir offenbarte sie einmal unumwunden: ›Wozu hat mir denn der gute Allah meine Vorzüge und Kurven mitgegeben?‹«

Die Zeit verging und verlief sich auch in Kanada eilig wie überall. Kein einziger Mensch weiß ja bis heute genau, wohin. Und das Gleiche galt, ob man es glaubt oder nicht, sogar in Holland. Die auch noch nach Jahr und Tag in den smarten Toni verliebte Rieke ließ aber nicht so einfach locker. Bald schon war sie mit dem Kleinen und im Skiurlaub wieder in Kitzbühel zugange. Das damalige, wunderbare Liebesabenteuer wollte ungern aus ihrem Langzeitgedächtnis entschwinden. Sie absolvierte zunächst ihre Ausbildung zur Sportlehrerin, und der aufgeweckte holländisch-österreichische Sprössling wuchs größtenteils bei seinen Großeltern mütterlicherseits heran. Er hatte sich zum liebenswerten, hübschen Sonnyboy entwickelt. Auch die Ähnlichkeit zu seinem Vater zeigte sich verblüffend stark.

Da Rieke durch die Ereignisse und täglichen Herausforderungen abgelenkt war, blieb es zunächst bei Träumereien von einer Wiederbelebung der Vergangenheit. Auch die verschiedensten, teilweise sogar reichen holländischen Jungherren konnten das fesche Girl nicht auf ihre Seite hinüberziehen. Aber dann endlich nahm sie plötzlich, aus einer Eingebung heraus oder weil sich eine innere Stimme unüberhörbar meldete, zielstrebig die Suche nach dem abhandengekommenen Vater auf. Freilich war nicht nur der naturgegebene Elterninstinkt in ihr hochgekommen. Auch der immer noch ersehnte humorvolle Liebhaber warf seine unvergessenen, eher hellen Schatten bis von Kanada herüber.

Das ganze Prozedere war gar nicht so einfach. Sie musste ausgiebig recherchieren. Doch während eines Wanderurlaubs in Kitzbühel, diesmal ohne den Nachwuchs, konnte sie auf Umwegen, über Tonis ehemalige Freunde aus der Skilehrergilde, sein kanadisches Tätigkeitsgebiet ausfindig machen. Auch bei seinen inzwischen schon betagten, lieben Eltern war sie wieder vorstellig geworden. Diese erinnerten sich noch gerne an das frische Mädel, das ihr Sohn einmal mitgebracht hatte. Schon damals wäre sie als willkommene Schwiegertochter die Favoritin gewesen.

Kaum später wurde im trauten Familienkreis der endgültige Entschluss gefasst. Sie nahm vor den Weihnachtsfeiertagen ihren munteren, inzwischen fünfjährigen Buben bei der Hand, und ab ging es nach Kanada hinüber und ins Gebirg auf der Suche nach dem verschwundenen Vater und Geliebten Toni. Er sollte ihr keineswegs so einfach durch die Lappen gehen oder gar für immer aus ihren sehnsüchtigen Augen verschwinden.

Dieser Toni war inzwischen eine steile, erfreuliche Karriereleiter hinaufgeklommen. Als Trainer der Jugend einer aufstrebenden kanadischen Skination hatte er sich, wie man so sagt, einen guten Namen gemacht. Der Nachwuchs, den er trainierte, erreichte bald ein beachtliches Niveau. Und das Skigebiet in British Columbia namens Whistler Blackcomb war inzwischen zum bekanntesten nordamerikanischen Eldorado für Pisten- und Tiefschneefahrer sowie Heliskiing herangereift. Der Austragungsort der Olympischen Winterspiele 2010 war auch in Europa längst keine unbekannte Größe mehr. Noch dazu warb das tüchtige Management mit einem verheißungsvollen Rekord: Weit über zehn Meter Schneefall pro Winter waren angeblich einmalig in der ganzen Welt. Das ist ja auch wirklich ein ganz erheblicher Batzen dieser weißen Pracht. Auch der inzwischen geschützte Slogan »Powdermekka« hatte seine Wirkung nicht verfehlt.

Dieser war den beiden muslimischen Berberskiführern zu verdanken. Geschäftstüchtig wie er war, konnte auch der Toni dem tollen, grafisch einwandfreien Werbeflyer sozusagen noch seinen einfallsreichen Senf hinzu geben. Er kreierte für das megatolle Skigebiet mit dem Ausnahmeschnee den einprägsamen Weckruf: »Hier ist täglich Powderalarm.« Das bezog sich natürlich nur auf den langen, ausgiebigen Winter. Und eine Skifabrik aus der Gegend beglückte er mit dem inzwischen von ihm patentierten und gut dotierten Namen für die ganz passablen Fabrikate, den »Powderboards«.

Sein ungewöhnlicher Ruf war so nach und nach auch bis Kitzbühel und – Ironie des Schicksals – wieder zu dem dortigen Skilehrerverband hinübergedrungen. Dessen überraschendes, schmeichelhaftes Angebot zur Rückholung des Heimatsohnes erreichte den Toni und warf ihn in einen Gewissenskonflikt zwischen Heimweh und Erfolg hinein.

Genau in diese Zeit der turbulenten Ereignisse fiel die Ankunft von Rieke und Toni junior im Legends Whistler Hotel. Ganz in der Nähe der Skipisten wurde einlogiert. Der »Skiguide Toni from Austria« war auch hier im Hotel bereits seit Längerem zum Begriff, ja zum Markenzeichen geworden. Ein Hinweis führte die beiden gleich am nächsten Tag per Lift hinauf zur Trainingsstrecke der kanadischen Jungmannschaft. Als sie im schmucken Skidress – die tolle Rieke hatte sich besonders aufgebrezelt – am Slalomstandort eintrafen, preschte Toni senior gerade die Strecke herab, und die fleißigen kanadischen Kaderschüler folgten ihm, nur leicht minder schneidig, hintennach. Mit einem letzten, scharfen Abschwung stand der große Toni aus Österreich vor dem kleineren, momentan aus Holland.

Die Situation war fast kitschig, aber immerhin filmreif. Und zwar für einen internationalen Heimatfilm. Rieke erglühte sanft vor Erregung in einem jugendlichen, kräftigen, leuchtenden Altrosa. Im

Übereifer hätte man da fast sagen können: »Ihre bleichen Lippen wandelten sich umgehend zu blühenden Rosen.« Aber dann würde man meinen, dass jetzt der Kitsch wahrlich Triumphe gefeiert hätte. Obwohl es noch dazu stimmte.

Sie stand ganz nahe neben dem strahlenden Buben und flüsterte, nein hauchte: »Toni, sag mal Papi zu deinem lieben Vater!«

Dieser war nun wirklich wie von einem Blitz gerührt. Freilich nicht vom damaligen schwarzen Blitz aus Kitz. Er erkannte die gesamte brisante Situation sofort. Seine diffusen Träume hatten sich in reale Tatsachen verwandelt. Sprachlos, jedoch gerührt, brachte er trotz allem dennoch hervor: »Das ist doch das schönste Weihnachtsgeschenk überhaupt! Dass du da bist, dass ich ab sofort einen lieben Sohn habe, der noch dazu anscheinend ein hoffnungsvoller Skidriver zu werden scheint. Dass ihr hier seid.« Dann stammelte er anschließend sowie total ergriffen: »Wir wollen niemals auseinandergehen. Und zwar ab sofort!«

Alle drei fielen sich darauf beschwörend und unverbrüchlich in die Arme. Bei einigen erst kürzlich hier eingeführten Weißbieren und einem kindgerechten Beerensaft schwadronierte man glückselig und zukunftsträchtig auch über eine Domizilverlagerung ins bekannte, bilderbuchschöne, österreichisch-tirolerische Kitzbühel.

Für die Großeltern väterlicherseits erfüllte sich damit schnell und völlig überraschend der sehnliche Wunsch nach einem strammen Enkelkind auf das Märchenhafteste.

Der Autor

Wolfgang Schierlitz ist damals geboren und allmählich aufgewachsen. Es folgten Schriftsetzerlehre und Ausbildung zum »Schweizerdegen«. Danach Tätigkeit als Fahrkartendrucker bei der Deutschen Bundesbahn, Verlagshersteller, Typograf, Grafiker und Texter für internationale Firmen. Die Gründung einer eigenen Offizin folgte. Kürzlich erhielt er von der Handwerkskammer Ulm die Auszeichnung »Deutscher Meister«. Mehrere Seh-Mester und Studien auf Allgemeinplätzen und in Bierzelten. Nebenwirkungen: bisher zehn satirische Bücher, Kabarettist mit »H2-O2« und »Die mit den Wölfen heult« sowie Soloauftritte. Er ist Preisträger bei Radio Regenbogen mit dem Verband deutscher Schriftsteller (VS Bayern) – mit einer Sommergeschichte.

Im Rosenheimer Verlagshaus sind von ihm bereits *Wenn überhaupt, dann höchstens kaum* erschienen, eine Sammlung von skurrilen Geschichten, *Wie frau mit einem Bayern überleben kann*, ein herrlich unernstes und dabei praxisnahes Buch über Beziehungsprobleme von Bajuwaren, ebenso die etwas anderen Weihnachtsbücher *Pleiten, Pech und Tannen* sowie *O Pannenbaum!*

Von Wolfgang Schierlitz bereits erschienen

O Pannenbaum!

Wolfgang Schierlitz zeigt uns, wie es rund um Weihnachten so zugehen kann! Katastrophen und Pannen, urkomische Missgeschicke und amüsante Zwischenfälle säumen den Weg zum Fest. In seinem unverwechselbaren Stil erzählt er von etwas sonderbaren Feuerwehreinsätzen, völlig verrücktem Christbaumschmuck und der obligatorischen Beziehungskrise während der Feiertage. Mit einem gehörigen Augenzwinkern stimmt er uns auf die schönste Zeit des Jahres ein und stellt fest, dass niemand perfekt ist.

Bibliografische Angaben:
Wolfgang Schierlitz
O Pannenbaum!
192 Seiten
ISBN 978-3-475-54480-4